KB263023

마이너스 통장

박정식 시집

마이너스 통장

초판인쇄일 ㅣ 2008년 08월 01일
초판발행일 ㅣ 2008년 08월 08일

지은이 ㅣ 박정식
펴낸이 ㅣ 金永馥
펴낸곳 ㅣ 도서출판 황금필

주　소 ㅣ 서울 중구 필동2가 124-11 2층
전　화 ㅣ 02)2275-9171
팩　스 ㅣ 02)2275-9172
이메일 ㅣ tibet21@hanmail.net
홈페이지 ㅣ http://goldegg21.com
등록번호 (제2-4341)

ⓒ2008 박정식 & Gold Feel

값 8,000원

ISBN 978-89-957817-6-0-03810

마이너스 통장

박정식 시집

황금필

진정한 삶이란
9할의 방어와 1할의 공격으로
구축된다

나는 소양인 중에서도
열이 많이 나는 사람이다
그래서
인삼, 꿀, 대추, 녹용은 잘 먹지 않는다
하지만
나의 몸에서 냉기가 흐른다
나의 겨울이 너무 긴 것은
신열 앓는 법을
모르기 때문이다

– 박정식의 「시작노트」에서

차 례

낙원여인숙

　서면에 가면 낙원여인숙이 있고 길 건너 꽃사슴다방이
보인다 나는 집으로 가는 길을 잃어버리기 전에 마지막으
로 저 다방에서 나온 것을 알고 있다 낯선 거리를 쉼 없이
돌아 겨우 다다른 곳이 낙원여인숙이다 마른 강물에 떠밀
려 더는 갈 수 없는 곳이 여긴지도 모른다 황홀한 저녁이
산을 넘을 때 기러기도 가끔 방향을 놓친다

　내가 찾은 방은 바람에 깎인 길모퉁이를 닮아 모로 누워
있다 정강이 시린 사람들이 옆 방문을 차례로 두드린다 나
른한 불빛을 받으며 때 묻은 이불과 찢어진 달력과 집 없는
내가 마주보고 있다 어쩌면 내가 찾아 나섰던 낙원의 새가
남긴 깃털과 똥지를 만나고 있는지도 모른다
　밖은 여전히 소란스럽게 돌아가고 길 건너 다방이 보인
다 꽃사슴다방 붉은 창들은 물오른 사슴들로 다시 웅성거
린다 내가 거쳐 왔던 수많은 다방은 이제 기억이 닿는 곳마
다 내부수리중이다

　오늘밤 내가 묵을 여인숙의 창은 닫혀 있다 햇살도 머물
기를 주저하는 계단에 작은 화분이 놓여 있다 화분에는 주

위의 어둠을 모아 꽃잎을 밀어 올리는 나무가 있다 풋잠을
베고 누운 나는 꽃사슴다방 사슴처럼 머리 가득 숲을 키워
보지만 너무 앙상하여 잎도 꽃도 피지 않는다 나는 아직 서
면에 있고 꽃사슴다방과 낙원여인숙 사이에 길 하나가 있다

강1

한 번도 본 적이 없었지요 꽃사태 난 산을 말입니다
강이 길을 막아 원추리꽃 환한 산기슭을 갈 수 없었지요
여름 한때를 참지 못하고
성급한 사람들은 강을 건너다 떠내려갔지요
나는, 아무도 돌아오지 않는 강가에서
여름이 지나가길 기다렸지요
밤은 깊어가고 강은 자꾸만 말을 걸어왔지요
나는 아무 대꾸도 하지 않았지요
꽃대 생각에 야윈 가슴은
강물이 줄어들기를 기다렸지요
겨울밤과 시름하며 강의 신음소리를 처음 들었지요
새벽 무렵 강물이 하얀 배를 드러내었을 때
정지되어 있는 강을 보았지요
나는 강의 등뼈를 밟으며 추운 겨울을 건너갔지요
내가 겨우 산기슭에 다다랐을 땐
꽃잎은 뿌리로 돌아가버린 뒤였지요 빈 꽃대 옆에서
나는 옆구리가 다 해진 강을 내려다보았지요
그때 반짝이는 강의 눈과 처음 마주쳤지요
움츠린 꽃줄기를 캐지 않기로 한 건 다행이었지요

다 채운 다음 더 채울 수 없는 내 자신이 두려우니까요
혹시 모르지요 저 눈부신 강을 다시 건너지 못할 것을
미리 두려워했는지 말입니다
그래요 강의 눈빛처럼, 힘의 사랑은 멀리서 오는 것이지요
나는 빈 꽃대 옆에 마음만 심어놓고
아무 말도 없이 돌아왔지요
강의 처절한 사랑 얘기를 들었지요

이사

　내 머리 속에는 흔들거리는 빌딩이 산다 멱살잡는 장터가 있고 사기꾼이 지나가는 지하도가 있다 깨진 보도블럭 위로 얼굴 없는 사람들이 지나가고 얼굴이 해쓱한 사람들은 선글라스를 끼고 다닌다 네거리에서 네모난 사람들은 신호등이 바뀌자 뿔뿔이 흩어졌다 높은 담으로 둘러싸인 집들은 꼬인 길을 물고 있다 미로를 엮은 방과 방 사이에 낡은 벽이 웅크리고 있다 길을 돌아오는 동안 방마다 먼지 묻은 책이 쌓이고 휴지조각들은 정적을 찢어놓았다 나는 안개주의보를 들으며 조수가 엇갈리는 검은 강을 내다본다 두통에 기대어 오후의 햇살이 오래 머무는 마을을 생각한다

　낮설지 않은 아침햇살이 나를 아랫마을로 데려다 주었다 나는 흙을 밟으며 언덕으로 내려왔다 늙은 느티나무가 그늘을 내려놓고 구겨진 강은 마을 앞에서 퍼지고 있었다 공장의 기계소리는 부지런한 발걸음에 한 걸음씩 물러나고 있었다 나들목이 왁자지껄해도 사람들은 서로 귀를 빌리지 않았다 나는 마을을 드나들 때 붉은 넥타이를 매지 않기로 했다 쓸쓸한 바람이 마을을 빠져나가는 동안 나는 햇살 가득한 자투리땅에 해묵은 집을 손질하였다 분홍빛 바다가

올라오는 곳으로 창은 열려 있었다 싸락눈은 밖으로 내리
고 모퉁이 굴뚝에는 매운 어스름이 새고 있었다 둥근 얼굴
들이 섞사귀며 돌아올 무렵 저무는 길이 떠오르고 있었다

나무토막

서 있는 동안
참나무는 나무였다
죽어서 토막으로 잘려진 나무
제 몸에 구멍을 뚫어 길을 만들었다
때로는 허공에 매달려 있다가
바위와 바위 사이
고인 기억을 흐르게 하였다
때로는 협곡 사이 몸을 묻고
산과 산의 말문을 열어 주었다
목마른 풀씨들은
의심 없이 다리를 건너가고
휘청거리는 햇살이
아슬아슬하게 계단을 짚었다
그 길 위에는 새벽이 맨발로 다가와
핏빛으로 구워진 낱알들을 깨우고
다음날 이슬은 비 되어
묵은 산자락을 쓸고 있었다
참나무는 죽어서야 비로소
숲이 되었다

에드바르드 뭉크의 여행

1

그 동안 내가 머물렀던 집은 헐리고 내 이름도 잊어버렸
다 나는 화산을 지나 빙하에 이르렀다 나를 지켜준 체온계
는 빈혈을 앓고 심장에서 외출 나간 핏줄은 돌아오지 않았
다 멈춰진 시계가 발걸음을 붙잡고 나침반은 약속을 저버
렸다 소실된 바다 위로 하얀 얼굴만이 증표로 떠 있었다 나
는 빙산의 모서리에 귀를 대고 내 주소를 물었다 가늠할 수
없이 커버린 내 몸의 틈새로 어둠이 스며들어 나는 나를 지
웠다 내가 어둠에 검게 타버려 어떤 빛도 나를 찾을 수 없
었다 나는 나로부터 한없이 멀어져갔다

2

육교를 내려오자 세상의 날카로운 기울기는 비틀거리는
무릎을 잘랐다 보이지 않는 사슬에 이끌려 밖으로만 치달
았던 그들에게 저 육교는 한 발자국도 오르지 못한 구름다
리였거나 까마득한 날 거대한 공룡으로 새겨졌다 핏빛나무
아래 작은 사람들은 제 키보다 큰 손으로 실족한 햇살을 받
아내고 있었다 하늘과 가슴 사이 등불 하나로 엮은 길은 어
둠에 차단되고 있었다 나는 작아진 몸에 긴 그림자를 떠메

고 걸었다 문득 내 몸이 녹아내리고 닫힌 말문이 열린 이유
를 묻지 않기로 했다 무너질 듯 지워지지 않은 얼굴들이 제
길을 그리고 있었다 등 뒤로 부석거리는 뼈를 적시는 빛의
소리가 들렸다

할미꽃

너무 큰
할미꽃은 나무였다
그 나무 아래
아주 작은
상주 하나가
지팡이로
길을 두드리고 있다

시인의 귀

시 잡지를 펼쳐
시인들의 사진을 보면
대개 한쪽 귀가 없다
어떻게 보면 건방을 떠는가싶기도 하고
없는 멋을 부리는가싶어서
영 못마땅할 때가 있다
시를 쓰는 사람은 다 그렇게 해야 하는가 싶어서
나도 한쪽 귀를 숨겼다
책의 마술에 따라 같은 필름인데도
왼쪽 귀가 바른쪽 귀로 둔갑하는 것을
종종 보았다
"너 왼쪽 귀 하나밖에 없네"
어릴 적 친구를 이렇게 놀리면
친구는 소스라치게 놀라 덥석 두 귀에 손을 갖다댄다
"그럼 왼쪽 귀가 하나지 두 개냐"
어제를 가까스로 지낸 이른 새벽에야
귀를 만져보고
연신 고개를 끄덕인다
시인의 귀가 왜 하나여야 하는가
그게 참 궁금하다

그늘1

장독간 가까이 올라온 죽순이
부드러운 손을 찔렀습니다
섬돌 아래 얼룩은 풀이 지웁니다
늘어진 빨랫줄에서
집게는 바람을 붙잡고 있습니다
울타리에 걸어둔 시래기는
가벼워 움직이지 않습니다
알맹이가 녹아버린 마늘 반 접이
아래채 묵은 기둥을 지킵니다
낮에는 햇볕이 따갑습니다
그 때는 삽짝에서 마루까지 그늘이 있었는데
치운 흔적이 없습니다
아무도 모르게 지나가는
바람 한 자락을 보았습니다

그늘2

엉겅퀴는 어머니가 걸어온 길을 지웠다
길이 없으므로,
어머니는 되돌아갈 수 없다
가느다란 지팡이로 길의 끝자락을 두드린다
어느덧 어머니는
수염이 하얀 느티나무 아래 앉아 있다
갈비뼈 속에 묻었던 기억 하나 꺼내
문지르고 있다
머리 속에 남은 기억 하나 보태어
찢고 있다
아름답던 눈동자에
쭈글쭈글하고 멍한 하늘을 집어넣더니
구겨진 기억을 하나 움켜쥔다
자투리 밭을 만들고 이랑을 타더니
씨앗을 심는다
그리고는 곧장 밭을 갈아엎는다
부산에 실려 온 지 달 반이 흘렀어도
자꾸만 부산으로 가자고 한다
어머니는 허리가 휜 말을 하고서도

시치미를 떼고 있다
장롱 밑 오래도록 익힌
그늘 하나가 걸어오고 있다

먼 집

모로 누운 접시는
하얀 곡선이 눈부시다
정지된 물방울을 따라가면
눈물이 부화된
호수를 만날 수 있다

수수빗자루는 지루한 인적을 쓸고
벽지에 그려진 닮은꼴의 무늬들
수많은 미로가 미로를 따라가고 있다
바지랑대에 가득
젖은 옷이 널려 있다
둥근 달이 초록에 닿으면
텃밭엔 씨앗 터지는 소리 들린다
어둠이 옷을 벗는 시간
너는 먼 집에 있다

별빛의 나지막한 전갈이
녹음에 스며드는 새벽
다듬이 소리 더욱 배어들고

개는 안심하고 누운 지 오래다
바깥문은 안으로 열려있다

지하실로 날아든 새

산허리까지 집들은 차올랐지만 산은 더 이상 비켜설 틈
이 없었다 허공을 몇 바퀴 돌아 새들은 둥지를 떠났다

두꺼운 안경알을 통해 창안의 불빛은 희미하게 비쳤다
남자는 해체된 시계를 조립하면서 지하실로 날아든 새를
끼워넣었다 그 후로 지하실에는 새가 날아들지 않았다 형
광불빛 아래에서 벽시계는 채집된 곤충처럼 파르르 떨고
있었다 새는 간신히 벽에 얼굴을 묻었다가 시간이 되면 한
데 모여 지하보다 어두운 지상이 서러워 우짖었다 우는 소
리로 서로를 알아내고 이내 제자리로 돌아간 눈 먼 식구들
은 시간을 잃고 깃털 없는 날개만 퍼덕였다 새는 목소리만
큼 줄어든 자신을 알고 사람들이 잠자는 시간에도 목소리
를 가다듬었다 초조한 사람들은 사라진 새를 찾으려 지하
실로 몰려들고 있었다 시계수리점을 찾은 손님들은 잃어버
린 소리를 들은 후 안심하고 시계를 찾아갔다

범일동2

아버지, 1950년대 난리 통에
어렵사리 얻은 직장 버리고
이 낯선 곳에서 옷가게를 하다
일순간 잿더미로 내려앉고
끙끙 앓다 가신 뒤
가난을 남기셨다
나는, 1980년대 경제발전 법석 속에
더 잘 살아보려고 단단한 직장 버리고
세상에 나왔다가 발을 헛디딘 뒤
이 어설픈 곳에서 조그만 일터 하나 얻었지만
시린 가슴을 가졌다

가난과 시린 가슴이 겹치는 날
자꾸만 불타오르는 옷가게
자꾸만 헛디디는 발자국
타버린 재로 촘촘히 천을 엮어
시린 곳으로 새어드는 바람을 막는다
붉은 노을과 검은 강이 만나는 날

범일동3

기차가 지날 때마다
여자의 가슴이 덜컹거린 적이 있었다
굉음을 내며 달려온 기차는
여자를 떠났다
우산을 받쳐들고
검은 침목 위의 레일을 바라보는
여자의 가슴에 비가 새고 있었다
옷깃에 남아있는 본드냄새가
잘린 기억을 봉합하고 있었다
빗금 친 영화필름은 직직거리며
여자의 머리 속에 동시상영되고 있었다

질긴 고기

1

놀란 내 혈관은 자꾸만 살 속으로 파고 들어갔다 나는 질 겨서 쉽게 가위로 잘려지지 않는다 불판 위의 생고기로 가 위를 맞물며 마지막까지 사력을 다한다 내가 가위에 맞서 리라고는 상상할 수 없는 일이다 굳은살이 아닌데도 살은 마르고 딱딱하다 눈물이 흘러내렸지만 그것만으로 울음은 완성되지 않았다

2

내가 책장 속에 그림숲을 보다 나무가 된 것은 다행이다 가위로 잎이 잘리고 발로 몸을 툭 차면 열매가 떨어지고 도 끼로 내려치면 장작이 된다 햇살에 마지막 비린내를 날렸 다 매운 열정 하나로 나는 불을 만나면 활활 타올랐다

여자의 아들

1
면도칼을 들이대고 구레나룻을 긋자
여자가 거울 속에 있다
직립원인처럼 턱을 내밀며
여자는 나를 따라 면도를 한다
나는 망원경을 들이대고 여자를 살핀다
나와 여자의 간격이 좁혀진다
세숫대야 가득한 물이 뒤집어지자
여자는 무력해진다
수도꼭지에서 피가 쏟아진다
뒤로 넘어진 여자는 숨을 멈춘다

2
여자의 머리에는 검은 피가 흐르고
복부에는 내장이 새고 있었다
여자의 주검 주위에 말뚝이 박히고
신문이 날아오르더니 시체를 덮었다
시체는 먼지가 되어 바람에 날렸다
사람들이 사라지고 집들이 헐렸다

부러진 삽자루가 나뒹구는 대지 위로
짐승의 울음소리가 지나갔다

3
까마귀 떼의 울음이 들렸다
아무도 없는 대지에 바람이 지나갔다
콘크리트 말뚝 잘린 자리가 드러났다
한 권의 책이 된 신문지는
날개를 푸덕이며 하늘을 날아갔다
머리에 피를 흘리며 나는 쓰러진다
죽은 내 복부에서 쇳조각이 쏟아진다
내 주검 주위에 말뚝이 박히고 있었다

4
윤전기는 멈춰진 시계와 정지된 온도계와
얼어붙은 뇌파를 찍어내고 있었다
회색신문 한 장 하늘 높이 날아간다

저물 무렵

도륜대道輪臺를 지나자 샛길은 비틀거리는 큰길에서 꺾여 좁은 굴다리를 뚫고 있었다 그 길 막다른 산허리에 닻을 내린 배 한 척 정박해 있었다 바위틈에는 영산홍 꽃잎이 오후의 남은 햇살을 빨아들이고 병동과 병동 사이 바람결은 머뭇거렸다 금간 창들은 철창에 기대고 있었다 면회소 벽에 걸린 스냅가족사진 위로 가슴에 품어온 풍경들이 새고 있었다 틀니가 빠져나간 입안에서 받침 없는 모음들이 서로의 어지럼증을 맞잡았다 하얀 머리카락 사이로 간간이 이랑이 일어서고 미처 파종하지 못한 씨앗들이 소매를 당겼다 기울어진 어깨 너머로 좁은 복도가 휘청거렸다 저물 무렵 불안을 지워버린 환상이 집을 나서고 있었다

현

팽팽히 조여 있을 때 제 목소리를 들을 수 있었다 저 직
선은 너무 많은 길을 걸어왔다 굽은 강을 건너면서 제 몸
을 가늘게 만들었다 질긴 직선만이 아름다운 고통을 울 수
있다 허기를 이겨낸 긴장이 거짓으로 가득한 배를 채우고
있다

고물상을 지나다가

싸락눈이 내리는 저녁, 고물상 마당에 불빛이 모여든다
의자 위에는 무릎을 펴지 못한 날들이 하얗게 융기된다 땅
의 중심에서 기우뚱한 의자는 앉은뱅이저울과 마주보고 있
다 한때 울긋불긋했던 시절을 보낸 잡동사니에 둘러싸여
집안의 내력을 주고받는다 망그러지고 조각난 다음에야 담
을 허무는 가계들 키득거림도 내숭도 지우며 몸을 포갠다
평생을 걸어 제자리에 멈춘 저울의 무게는 영零을 가리킨다
의자와 저울은 두 몸에서 삐꺽대는 소리 하나에 기대어 있
다 낡은 의자는 가슴에 남은 온기를 녹슨 저울 위로 조금씩
흘려보낸다 오랫동안 바람을 견뎌온 저울은 만만찮은 그의
무게를 눈[眼]으로 받아들인다

모든 뼈들이 드러눕는 시간, 어깨가 기운 저울 옆에서 의
자는 젖은 무릎을 바람에 말리고 있다 폐철근 가닥 위에 닳
은 신발 한 쌍이 허리를 구부리고 누구를 기다린다 검은 비
닐봉지 하나 이리저리 구르다가 의자 위로 날아오른다 이
제 의자는 가장 가벼운 소리에도 인기척을 느낀다
싸락눈이 내리는 날, 의자 위에는 쓸쓸한 여유가 쌓이고
가슴에 키워온 단단한 희망들 저울의 눈금 속으로 날아간다

껌

동전이 없어
남이 씹다 뱉어버린 껌을
누가 볼까 얼른 주워
맑은 시냇물에 씻고 씻어서
씹었던 적이 있었다
송진을 모으고 모아
껌을 빚어서
혹시 굳어지면 어찌하나
쉼 없이 턱을 움직였던 때가 있었다
치정癡情이 떠나는 날
사랑니를 뽑았고
믿었던 치조골이 주저앉아
어금니를 뽑는 날은 눈을 감았다
입안 가득
오롯이 고여 오는
씹어도 곱씹어도
물렁하고도 질긴 향기를 씹었던
저문 날이 있었다

대합실

누군가 내 명치 끝에 무인카메라를 매달자 시신경이 가
슴으로 내려왔다 더 이상 화려한 밖은 볼 수 없었지만 구겨
진 지폐를 펴듯 잃어버린 시간을 조망할 수 있었다

내 몸에 대합실이란 이름이 붙여진 뒤로 나는 이 곳을 떠
날 수 없었다 그날부터 내 시야에는 수많은 풍경들이 그려
지고 지워지곤 하였다 등을 맞댄 의자 위로 햇살이 갈라지
고 있었다 아무 말도 들을 수 없는 소년은 아무 말도 할 수
없었다 소년은 늘 바람만 거느리고 있었다 소년은 빈 의자
하나와 햇살을 등지고 있었다 버스가 떠나려 하자 소년은
시간의 무게를 느끼지 못한 채 일어섰다 내일로 가야하는
데 목적지도 없이 떠나는 소년의 어깨가 흔들리고 있었다
소년의 얼굴에 붉은 노을이 비치고 있었다 소년의 손에는
날짜를 잃은 차표가 구겨져 있었다 막차가 떠난 터미널에
는 남은 바람이 흩어지고 있었다 새벽 무렵 달빛은 분실된
모든 그림자를 지웠다 불꺼진 대합실 밖으로 골짜기가 생
겨나고 마른 강물이 흘렀다 소년은 끝없이 떠내려가고 있
었다

시린 정강이를 접고 나는 눈 밖의 식물이 되었다 나는 두
어 평 비워둔 가슴 한켠에 현상소를 차리고 깊어진 강물을
인화하고 있었다 수많은 간이역을 떠돌았던 늙은 소년은
금간 벽을 마주하고 있었다 그 옛날 소년처럼 빈 의자 하나
와 햇살을 등지고 있었다 나와 소년은 아무도 귀 기울이지
않는 여행 얘기를 저물도록 나누었다

틈

틈 하나가
컴퓨터 자판 두드리는 소리에
떠밀려 다닌다
틈 하나가 밤늦도록 밀리고 밀리더니
틈 두 개가 되고 여러 작은 틈을 낳는다
안개에 가려 한 치 앞을 내다볼 수 없는 틈
밤늦게 집으로 올 때만
이마 위에 하얀 달빛을 뿌려주는 틈
일요일 아침 해 뜨기 전
뒷산에 오를 수 있게 해준 틈
내 몸에서 틈을 빼면 모두가
울렁이는 바다
무너져 내리는 하늘
바람에 날아가는 모래
때로 갈라지고 조여들기만 한 틈
나는 틈과 틈 사이를 아슬아슬하게 밟고 있다
틈과 틈 사이 거대한 구멍
구멍의 힘

지금 통화중

그는 중학교를 일등으로 들어간 수재이다
나는 그에게 이 시대에 먹고살기 위해서는 대학을 가야
하고
대학은 상과대학을 가야한다고 말했다
그리고 전공은 무역학이 좋겠다고 했다
그것이 최상의 길이라고 덧붙였다
그래서 그는 상대를 갔으나 교수법에 문제가 많다며
이의를 제기하고 2년 중퇴를 했다
그 후 그는 퇴행성 요산성관절염으로 시름시름 앓으며
30년 동안 책을 읽었다
그는 먹고살기 위해 내키지 않은 철학관을 차리고
가끔씩 사주 봐주는 일을 했다
그러던 차에 한꺼번에 돈을 많이 벌려고
옵션 선물 주식을 하다 엄청난 카드빚을 지고 말았다
그는 하루에도 몇 번씩 천국과 지옥을 오갔다
그는 시를 쓰는 나에게 자주 하이데거를 강조하는
자칭 재야 철학자다

공무원으로 사회생활을 시작한 나에게 그가 찾아와

이 시대에는 무조건 대학을 가야된다며 만학이라도 하기
를 권했다
　그래서 나도 스물일곱 살의 나이로
　그가 다니는 대학 같은 학과 야간부에 들어갔다
　나이 들어 군사훈련을 받았고
　당당히 학사모를 썼다
　그는 내가 병들어 우울증으로 방황을 할 때
　문학하기를 권유했고 곧잘 옆에서 평을 거들었다
　그것이 최상의 길이라고 말했다
　그래서 나는 나에게 어울리지도 않은 시인이 되었다
　그런 나도 28년이란 고리타분한 사무직에서 쫓겨나
　지금 중개일로 연명을 하고 있다

　밖에 내리는 달빛은 여전한데
　늦은 밤 우리 둘은 전화를 한다
　밥은 먹었느냐고 60년대식 인사를 한다
　지금 그와 나는 닮아 있다
　분명한 것은 처음보다 너무 가난해졌다는 것이다
　그는 빈 의자를 가진 공원이다

나는 그의 빈 의자를 수없이 앉았다 가는 잎사귀다
그는 우치원愚恥園이라는 이름을 쓰고
나는 이방인이라는 이름을 쓴다

매혹과 환상에 대하여
제법 진지하게 논쟁을 하면서
서로 참 잘 어울린다고 거들며
30년이 훨씬 지난 지금
아직도 전화는 끊어지지 않고
우린 통화중이다

그냥 내버려두세요

내 어깨는 휘어졌습니다 바로 펴려 해도 되질 않습니다
내 신발은 뒤꿈치 오른쪽 가장자리부터 닳습니다 나는 그
렇게 걸을 수밖에 없습니다 나는 나의 뒷모습을 볼 수 없습
니다 나는 가끔 속이 불편합니다 그래서 화장실에 자주 드
나들고 시간이 더 걸립니다 나는 콩팥에 결석이 생깁니다
그래서 물을 자주 많이 먹습니다 내 몸에는 바이러스가 있
습니다 그들은 내 몸 속 핏줄을 따라 다니면서 무어라고 지
껄이고 있습니다 올라간 혈압은 내려오지 않습니다 아마
시간이 너무 흘러 돌아오는 길을 잃었나 봅니다 내 오른 쪽
눈은 난시입니다 지금은 근시와 원시가 겹쳐 앞이 어른거
립니다 내 머리카락은 반곱슬입니다 그래서 남들이 보기
좋게 자랄 때 나는 이발을 합니다 나는 항상 이렇게 살아야
합니다 그게 편하니까

동강에서

안개비 자욱한 산으로
길은 빨려 들어갔다
비에 젖은 산은
숨겨둔 여러 갈래의 길을 품고 있다
나를 실어온 길은
산등성이로 오르며 낭떠러지를 닮아간다
깊어진 길은
나뭇가지 사이로 뒷모습을 가린다
길은 비를 맞으며
실족한 수많은 시간들을 찾고 있다
썩은 안내판 하나가 실성한 듯
먼 하늘을 가리킨다

나를 사이에 두고
길은 낭떠러지와 마주하고 있다
비가 오면 산은 그대로 비를 맞는다
나무는 검은 등줄기를 내보이고
풀잎은 어깨를 움츠린다
마음의 안채까지 젖을 무렵

길은 낭떠러지의 끝에 닿아있다
보이지 않으면서 뚜렷하게 떠오르는
얕고도 깊은 것,
그 생각의 끝에
젖은 길은 꿈틀거린다

조금 열린 차창을 향하여

네가 그린 기다림의 도면을 훔쳐본 일도 까마득한 날 밤
새 너는 운전석에 가문 밭을 일궈놓았다 나는 장미를 심을
수 없으므로 밭을 엎어버렸다 이튿날 너는 엎어진 밭에 푸
른 집을 지었다 나는 고단한 등을 뉠 수 없으므로 집을 뭉
개버렸다 나는 이글거리는 햇살 속을 부르릉거리며 굴러갔
다 산 입에 거미줄 칠까라는 이야기를 씹으며 버텨온 길이
었다

모든 집들은 땅을 짚고 일어섰는데 네 집은 늘 공중에 매
달려 있었다 정적 위의 오랜 기다림이 식사이고 고작 맨살
로 엎드려 있는 것이 차림이었다 너는 공기처럼 가볍지만
날개를 키우지 않았다 네 몸이 망치이고 주춧돌이고 기둥
이고 지붕이었다 부딪혀도 소리나는 쪽은 언제나 바람이었
다

난간으로 채워진 나는 작은 물체에도 삐걱거렸다 구르는
것밖에 할 수 없어 언제나 주위를 살펴야 했다 어디에도 내
무게가 걸터앉을 곳이 없었다 터널을 지나는 동안 너는 내
몸의 연약지반에 단단한 파일을 심었다 검은 입술과 가느

다란 손으로 하늘을 세우고 그림을 그렸다 끈적끈적한 혀
는 나를 핥았고 달콤한 독은 내 전신을 부드럽게 마비시켰
다 너와 나 사이에 빗금은 지워졌다

해가 지면 우리는 어둠을 찾아갔다 너는 집에 머물고 나
는 허공에 머물렀다 너는 온몸으로 길을 만들었지만 내가
달려온 길은 언제나 제자리였다 자정 무렵 내가 뱉은 소음
들은 하늘의 턱을 넘지 못하고 있었다
　너는 허공을 채우고 나는 허공을 만든다는 사실을 문득
생각하는 것이다

산길을 걸으며

떨어진 잎사귀로
내 가슴을 그려본다
썩어가는 솔잎으로
손등을 살짝 찔러본다

멀리서
아픔이 다가온다

나는 숨쉬며 가늘어져 가고
너는 떠났어도 끝이 출렁인다
산 속을 지나는 건
몸부림이다

바람이 불면
또 한 장의 의문이 쌓인다
벙어리 입으로 말하고
귀머거리 귀로 듣는 동안
그림은 쉽게 완성되지 않았다

산 아래로 내려가는
계곡을 지나

빛을 좇아 내달려온 길 위로
차가운 그늘을 수없이 흘렸다는
사실을 알았을 때
등 뒤로 햇살이 따라오고 있었다

산은 제 몸 가장 안온한 곳을 풀어
길을 내어준다

주차장에서

반 평의 네모 안에서 여자는 검표를 하고 돈을 세고 우수
리를 지불한다 계산 문제로 이따금 실랑이를 벌인다 어느
날 네모상자의 한 구석이 열리고 다리가 없는 상반신이 걸
어다닌다 여자의 얼굴만 보고 지나던 나는 시력을 잃었다

저 모습은 저 여자의 것이 아니야 저런 모습으로 돌아다
니면 위험해 저 여자는 내가 이 비상구를 두드릴 때면 항상
여기 앉아 있어야 해 조그만 네모상자 안에 쭈그리고 앉아
밝은 얼굴로 나를 반갑게 맞이해야 해

이제 여자의 견고한 두개골은 발바닥에서부터 점점 멀어
지고 있다 여자가 기억하는 시간은 30분이고 그 값은 1000
원이다 여자의 웃음은 하루하루 얇아지고 있다 여자의 앞
으로 여자와 흡사한 두개골이 달려오고 있다 마땅히 기댈
곳이 없는 상반신들이 주차장을 향해 차를 몰아오고 있다

이른 아침

해 뜨기 전
뒷산
늙은 소나무
옹이와 옹이 사이로
맑은 천이 팽팽하다

거미와 나비의 잔해가 마주하고 있다
끈적이는 삶과 가벼운 죽음이
수를 놓는다

하늘에는 높쌘구름

붉게
붉게
몸을 지핀다

너무 늦게 당도한
이른 아침

내게 아주 오래된 나무

바람에 부대껴 비늘이 돋아났을 때
흐르는 물소리를 들을 수 있었다
모든 잎사귀가 부드러운 등불로 출렁이고
모든 뿌리가 질긴 심지로 숨 쉰다는 걸
가지 끝에 붉은 열매 대신
바다를 매달고서 알았다
기다림으로 나무의 목이 길어지고
길어진 자리에 뼈가 돋아났다
껍질로 뒤틀려 구르다가
결린 곳에 옹이가 들어앉고
물관 속을 휘돌아 흐르다가
파장이 멈춘 자리에 부름켜가 생겨났다
밑동을 따라 깊어져 어두워진 뒤에야
절정에 몸을 섞은 물결과 마주쳤다
바위에 눌려 엎드린 노을도
저녁을 안고 있는 별도
몰래 일어서는 너울 때문이다
바다가 쉽사리 얼고 풀리지 못하는 건
오랫동안 떠나지 않는

아름다운 흉터를 업고 있기 때문이다
터진 물집에 딱지가 들어서고
햇살이 울창한 나무를 건드렸을 때
오래도록 머문 항해는 다시 시작되고
멀리서 해조음이 들렸다

차표 한 장

노인병동
전국노래자랑이 끝나자
관객은 남고 시든 웃음은 뿔뿔이 흩어진다
기다림 하나가 사라진 좁은 복도에는
정적에 가려 출구가 보이지 않는다
이곳을 벗어나는 길은
오로지 이곳에 익숙해지는 것임을 아는 듯
그리하여
비로소 안과 밖의 소리가 들리는
환청의 시간을 맞이한 듯
오래된 관객은 허공 한 겹을 눈동자에 끼운다

죽은 오라버니가 또 다녀 간 모양이다
봉숭아꽃 물들이고
할머니는 오늘도 친정에 가야한다
버스는 어디에 서는지 그 곳까지
얼마나 걸리는지 물음은 거듭된다
햇살이 창턱에 걸려 갈라진 사이로
고인 파문이 저문다

마지막 버스가 떠났다고 달래며
누군가 만들어 준 차표 한 장
내일을 꼭 쥐고 놓지 않는다
이곳에 버스가 오지 않는다고
아무도 말하지 않는다

풀잎은 불안하다

사흘씩 비가 내리고
무게를 이기지 못한 물방울이
풀잎 위에서 중심을 잃어버렸다
장마는 다리의 목에 걸려 있었다
하늘까지 다다른 흙탕물이
허공에 빗장을 채우려
안간힘을 다하고 있었다
마지막 남은 길은 호흡이 거칠어지고
살가운 바람도 고개를 돌렸다
강둑의 허리에 정박하려는 부유물들이
억지를 부리고 있었다
강은 비가 오는 동안
아무에게도 관심을 두지 않았다
닥치는 대로 쓸어버리는 강물과
그것을 가로막으려는 풀잎
이대로는 한 방울 눈물이 될 수 없어
부레도 없는 풀잎은
붉은 강물에 제 몸을 섞었다
죽음보다 가파른 강을

풀잎은,
푸덕이며 건너가고 있었다

협곡에서

물이 휘돌아 내려간 곳에는
진한 자국만 남아 있어야 할 텐데
검은 이끼로 덮은 저 바위와
껍질 두터운 소나무는
무엇으로 저리도 엉켜 있는 것일까
어디가 바위이고 나무인지
그 몸의 경계를 알 수 없다
어저께 또 소나기가 지나갔는가 보다
계곡에는 흙탕물빛이 하늘까지 닿았다
말없이 때로는 거칠게 흐르는 저 물길을
무름한 달빛을 맞으며 건너다니는 저들은
지금 한몸이 되어 있다
바위처럼 무거운 몸으로
때로는 실뿌리처럼 흔들리는 몸으로
세상에 발 내딛기 두려울 뿐
나는 내 몸의 경계를 지키고 있다
나는 아직도 내 가슴에 흐르는
협곡을 건너지 못하고 있다

이름

딸아이가 아직 말을 제대로 배우지 못했을 때 나무를 보
고 이야라 하고 시계를 궁지라고 불렀다 창조의 순간이 이
리도 황홀했을까 아직도 촉촉한 우리말사전이다

몇 년째 병석에 누워 계신 어머니는 겨우 친정동네만 중
얼대다 느닷없이 당신의 아들을 바우라고 불렀다 짓눌린
무게를 어쩌면 이렇게 짧게 잴 수 있을까 말씀은 오래 다룬
저울이다

내 눈동자 물결에 잠겨 올 때 비로소 발끝에서 머리 위로
스멀대며 올라오는 것이 있다
아, 내 한 발 헛디딘 순간 저들을 허공에 영영 놓쳐버리
고 구업口業으로 쓴다 거룩한 시인이란 이름으로

행복은 어디…

전시장을 둘러보고 나왔을 때
운전석 앞 유리창에
노란 봉투 하나가 놓여 있다
봉투 안에서 환한 팜플렛이 얼굴을 내민다
첫 장을 열어보니
"행복은 어디 있을까…"라고
제목이 박혀있다
"부엌이 아름다운 이유
3가지를 알고 있습니까?
첫째, 부엌은…주부가…때문입니다.
둘째, 부엌은…주부를…때문입니다.
셋째, 부엌은…주부의…때문입니다."
오늘 아침에 부엌에서
오이 써는 소리가 들려왔다
평화를 다듬고 있는가 보다
오래된 부엌에는
흔들거리던 문짝이 마침내 늘어져 있다
평화에 구멍이 뚫려있다
나는 손이 잘 가지 않는 가슴 어디쯤

바람 들어오는 곳에
퍼뜩 노란종이를 오려 붙였다

마이너스 통장

신기하다
마이너스인데도 돈을 찾을 수 있다니
내 마음 차갑고 얼어붙어
아무 소리도 들리지 않는데
너에게로 가는
온기를 불러낼 수 있다면

동부산농산물도매시장

젖어 있는 새벽 공기 위로
추석이 다가온다
내가 사는 집은 16층 아파트이다
내 기억의 골목들은 엘리베이터를
오르지 못한다
도시 고속도로를 건너
컨테이너 배후도로 너머
동부산농산물도매시장이 보인다
경매의 은은한 외침이
불빛에 섞여 나오고 있다
아주 먼 바다에 바람이 일어서려는지
끊어질 듯 들리고 들릴 듯 끊어진다
허공으로 수박이 날아오르자
덩달아 고추 오이가 뛰어오른다
텃밭에는 울타리가 기울어지고
경매장엔 몸통만이 쌓여있다
새벽마다 잘린 기억에 값이 매겨지고 있다
내 귀는 흥정에 너무 익숙하다

몽중몽 夢中夢

李也畜田 片得姙 徐寶物…
아름다운 추억의 이름입니다
다 채워지지 않은 서랍에는
얌전함도 배부름도 금반지도
화장을 지우듯 지워졌습니다
바싹 마른 웃음뿐이었습니다

원고가 생략된
하루 분의 대본을 중얼거립니다

몸은 천천히 움직여야 한다
목은 돌리지 않는다
허리는 펴지 않는다
외출은 금물이다
미소는 짓지 않는다

이제
객석과 무대의 경계를 무너뜨리고
극은 다시 시작됩니다

장막이 치워지고 조명은 사라졌습니다
그래도 끝없이 극은 이어집니다
어디에도 박수소리 들리지 않습니다

임종을 기다리며

비어 있는 집
마당에는 풀들이 기어다닌다

무너진 장독간 언저리에서
늦게 파종한 옥수수자루만 보고
텃밭을 돌아서려는데
풀숲에서 툭, 하고 부딪히는 것이 있다.
돌멩이거니 하고 그 곳을 헤쳐 보니
노란 옷을 갈아입은 오이 몇이서
나란히,
반듯이 누워,
누구를 기다리고 있다.

부엌에는
쌀 씻는 소리 나지 않고
그릇 부딪히는 소리 들리지 않는다.

2리터의 하늘과 1리터의 물과 0.5리터의 마음
- 박선 17×17×10, 14×14×10 나무에 채색 1984

저 하늘은
몇 장의 구름으로
저리도 넓은 창을 닦고 있다

저 바다는
몇 장의 하얀 구름과
넓고 푸른 창으로
저리도 기뻐 출렁거린다

바다를 건너오는 동안
나는 허공에서 새고 말았다
고요 속에
문득
내 몸의 소음이 들린다

이 마음에는
좁은 문과 Sex, 어둠과 비상구,
Thought,
그리고 Spirit,

흔들리는 빌딩과 검은 창이 있다
끊임없이 부대끼며
넘치고 있다

계단

어릴 적 아버지는
높은 곳에 오를 때는
계단을 밟고 올라가라고 가르치셨습니다

시골집 대문 앞에 호미로
계단을 함부로 만들었을 때 야단을 쳤던
아버지, 지금
그 많았던 계단은 지워졌습니다
내가 가는 곳 누구에게 물어봐도
내가 서 있는 발 아래를 아무리 파 봐도
계단을 찾을 수 없습니다

오르기만 한 나의 계단을
한 번도 제대로 밟아보지 못했습니다
내 앞에는
회색 너울의 바다가 있을 뿐
누가 훔쳐갔는지 나의 계단은
사라졌습니다

나는, 지금 가슴속에 남아있는
계단참에 주저앉아
오르다 만 층층대를 생각하고 있습니다
그러나 아무것도 보이지 않습니다
그 계단이 어디에 숨어 있는지
나는 모릅니다

샌드파일 속의 모래

산을 일으키고 강을 흘려보냈다
더 높게 더 멀리 날아가는 것이 나의 일상이고
내 몸을 갉아먹는 일이 유일한 습성이었다
나는 언제나 무리와 함께 있지만
혼자 공중에 기대어 있을 뿐이었다
이제 허공에 날리는 것이 아무렇지도 않았다
나는 이미 사지가 마모된 지 오래다
비척대는 여유까지 날아가버렸다
날아다닐 수 있는 모든 것은 이내 흩어졌다
스스로 시야를 가려 허우적거리는 나에게
무엇으로도 가까이 다가갈 수 없었다
매운바람에 떠밀려 습지에 도착할 때까지
휴식은 상상할 수 없었다
허방을 수없이 맴돌고서야
질척이는 땅 속을 파고들 수 있었다
헛디딘 곳에서도 굳어질 수 있다면
내 몸에서 분화된 수많은 다른 나로 인하여
단단한 기둥이 될 수 있다는 상상을 했다
나의 갈증은 이내 개흙을 남김없이 빨아들이고

몸속의 마지막 배설물까지 지상으로 쏟아내었다
그리하여 내 육신도 서서히 침전될 수 있었다
내 어깨 위로 보송보송한 포장길이 지나가고
창이 맑은 집들이 아장아장 들어서고 있었다
모든 순간으로부터 끝없이 수장되는 것이
영원히 바람살을 벗어나는 길이었다
나는 늘 젖어있으므로 다시는
저 광활한 들판을 배회하지 않아도 될 것이다
나의 생각이 아직도 바삭바삭하다는 사실을
지상은 모를 것이다
나의 전부는 먼지였다

헐리는 다리

출렁이는 역류에 물 들이켠 강
낯선 교각과 교각 사이로
침묵하는 강은 야위어 간다

봄을 기다렸던 늙은이
이제야,
검불 긁어모아 불씨를 당긴다
꿈틀거리는 불꽃
어릴 적
잠겨진 징검다리와
크레용이 어울리는 그림들
동공 속에 다시 지핀다
수면 위로 먼 하늘이 드리우고
이마엔 일렁이는 주름
해묵은 물결이 걸어간다

어디선가
절름거리며 다가오는
포클레인 굉음

내 심장 깊은 곳 흔든다
물살 속으로 자지러지는 햇살
살내음 흘리며 흩어지는
낯익은 얼굴

분盆갈이

금방 춤판이 있었나 보다
들킨 춤사위의 끝자락마저
저리 부드러운 몸짓이다
잎에서 여린 촉으로
지그시 눈을 주었을 때
바람 없는 향기 흘린다
우울은 갑자기 다가가서
너를 여러 화생(化生)으로 부른다
핵가족으로의 갈림은 나만의 선언이다
일궈온 너의 터전을 한순간
송두리째 흔들고도
나는 온전을 바란다
욕망의 구겨진 모습을 본다
넌 진정 푸르름의 속성인지라
내 뼈 속까지 부끄럽다
한스러운 비애는 덧입은 외투일 뿐

난 벌써
관대해져 돌아누웠는데

홀로된 정령은 이제야
하얗게 잠들고 있다

소나무가 되어

열두 해 전 늦은 봄날 서예가 지석知石선생은 벽계碧溪와 벽송碧松 두 이름을 지어주시며 그 중 하나를 택하라 하셨다

어느 푸른 것이 네 것이고 내 것인가 전부가 아닌 한 쪽을 택하기에 늘 서투른 내가 허둥대는 동안 질척거리는 물가를 피해 뭍으로만 오르고 싶은 마음이 슬그머니 소나무를 찍었다 이윽고 나는 양지바른 곳에서 햇살 반짝이는 아침을 기다리며 푸른 소나무가 되어가고 있었다 산정들이 젖가슴을 내밀고 짙어오는 유월에 취해 하얀 송진을 흘리며 우듬지를 올리는 사이 내 무릎 아래에는 삭정이들이 따라 올라오고 있었다 소나무가 다 된 나는 온몸에 튼 살갗을 하고 스멀대는 송충이를 경계하면서 혹시 잎이 하얗게 마르지 않을까 걱정하는 버릇이 생겼다 바람이 몹시 불던 날 차가운 별빛은 꼿꼿이 선 다리에 슬픈 화살로 꽂혔다 찌르레기 소리가 어깨를 흔들었을 때 문득 고개 들어 멀리 돌아 흐르는 물줄기를 처음 보았다 큰 비 내리고 황토빛 넘치던 날 낮은 곳으로 흐르는 냇물은 어떤 흙탕물과도 몸을 섞는데 주저하지 않았다 며칠을 기다려 스스로 흐르다가 다시 맑아지는 시내를 보면서 선생의 뜻을 헤아리며 온종일 푸른 소나무로 서 있었다

상점 주인을 꿈꾸었다

세상을 다 가진
상점을 꿈꾸었다
마음 안쪽에서 무럭무럭 자라난 상점은
어엿한 백화점이 되어갔다

큼직한 간판을 내걸고 거리로 나섰지만
동전 한 닢을 받고는
가진 것 아무것도 줄 수 없었다
하얀 눈깔사탕은
동그란 눈을 감아버렸다

나는,
아직도,
하얀 상점을 꿈꾸고 있다
나무진열대에 종이와 색연필이 가득한
동전 하나로 계산이 되는
상점이 되려 한다

짓눌린 가슴 깊숙이 파내려 가면

햇살 드는 곳을 찾을 수 있다
때로 먼지가
구석구석 쌓이기도 하겠지만
온종일 거기서
아이들을 기다리기로 했다

굴렁쇠에 대한 회상

굴렁쇠를 굴린 적이 있었다 마지막 굴렁쇠 굴린 시각을 남겨둔 것은 내 몸에서 구르던 시간들이 하나 둘 빠져나가고 있었기 때문이다 내게서 굴렁쇠가 달아나지 못하게 줄을 매달았다 그 뒤로 나는 오이넝쿨처럼 울타리를 기어오르다가 철근 가닥으로 회색 건물의 골조가 되었다가 풍선처럼 하늘로 날아오르기도 하였다 구르지 않은 몸에서 각질이 생겨나고 길어진 것은 오랜 기다림에 더욱 길어져 시력은 흐린 그림만 내부로 전송하고 있었다 느슨하다가도 불현듯 조여 오는 꿈은 고요에 젖은 새벽을 흔들었다 나는 오랜만에 묶어둔 길을 걸었다 길이 멈춘 곳에 나로부터 빠져나간 시간들이 아슬아슬하게 걸려 있었다 닫힌 문은 죄다 열었으나 내가 거쳐 온 문은 찾을 수 없었다

내 심장에 남아 있는 작은 불씨로 마지막 문고리에 다다른 한 가닥의 줄을 잡을 수 있었다 기나긴 송수관이 되어 먼 강물을 실어 나르던 줄은 가느다란 급수관으로 돌아오고 있었다 나는 낯설지 않은 그 길을 따라 흘렀다 비에 젖고 눈을 맞으며 굴렁쇠는 거기 있었다 고샅길을 지키며 굴렁쇠는 그의 내부로 회전하는 일을 멈추지 않았다 비탈길

은 눕고 내리막길엔 더욱 달아나기도 했지만 굴렁쇠는 줄
을 놓치지 않았다 그의 가슴은 수많은 빗살로 채워져 있었
다 그를 관통할 수 있는 바람은 더 이상 만날 수 없었다 내
가 굴렁쇠로부터 얼마나 멀리 달아났는지 나는 모르고 있
었다 벼랑 위에서 구멍 난 내 허리를 안으로 잡아당긴 줄은
그의 닳은 손에 쥐어져 있었다 굴렁쇠와 마주하는 순간 그
는 떨림의 힘으로 일어서며 은둔자의 주위를 둥글게 돌아
가고 있었다

청바지

바지 하나가 걸어온다
청바지 하나가 걸어온다
청바지 둘이 걸어온다
청바지 셋이 걸어온다
....

닳은 바지 열 하나가 걸어온다
구멍 난 청바지 열 하나가 걸어온다
구멍 난 청바지 열 둘이 걸어온다
구멍 난 청바지 열 셋이 걸어온다
....

도시의 거리는 청바지로 술렁거린다
도시는 구멍 난 청바지로 숨을 쉰다
도시는 색을 뺀 청바지로 물들고 있다
구멍 난 무릎에 지은 집도 있고
앞단추에 매달린 집도 있다
포켓 안쪽 베로 지붕을 올린다
지퍼로 쌓은 담장들
도시의 중심에는 간판들이 들어선다
VOV BOSS, BLACK COW, NATURAL COUNTRY,

FOR, NCCAA U.S.A. ,ASIC, BANG BANG, T.B2, Lee,
BIGSKO,
　진한 부위로 창을 만들고
　검은 부위로 벽을 칠한다
　골목에는 붉은 상표로 자전거를 만든다
　허리 주름으로 울타리를 만든다
　밤색으로 나무줄기를 만들고 천을 찢어 잎을 만든다
　가랑이를 찢어 고가도로를 만들고
　자동차를 만든다
　허리끈으로 중앙선 점선을 만들어 붙인다
　하늘엔 새를 만들어 붙인다
　잘린 부위의 경계를 풀어 하늘을 만든다
　구름을 만든다
　도시의 지도가 헝클어지고 있다
　도시의 시계가 주저앉고 있다

그는

그는 습관적으로 무릎을 접고 있다 그는 검은 창을 통하여 습관적으로 밖을 내다본다 습관적으로 내다보는 창들은 안으로만 투명하다 그의 길었던 다리가 모습을 감춘 지 오래다 그의 하반신은 잠수되고 있었다 밖으로 보이는 그의 육신은 안전띠에 묶인 상반신뿐이었다 이목구비가 흐려진 얼굴이 휑하니 옆으로 지나가면 뒷머리의 모서리만 보인다 맑은 날 그는 색안경을 샀다 그는 흐린 날에도 습관적으로 색안경을 썼다 그는 차안에서 차창을 검게 색칠한다 그는 무엇이든 칠을 하려한다 그는 도장공이 되려한다 그는 그를 지운다 그는 그를 입력한 모든 칩에서 지워지고 있었다

되감기, 바로 가기

새는 바위에서 뒤로 날아간다
새가 뒤로 날아와서 나무에 앉는다
알에서 깨어난 어린 새가
알 속으로 들어가서 껍질을 닫는다
여자는 뒤로 걸어가다가
아이의 손을 잡고 함께 뒤로 걷는다
아이들이 골목길을 뒤로 달려간다
개들이 거꾸로 달려가면서 짖는다
양들이 뒤로 간다
재봉틀이 거꾸로 돌아가고
할머니가 안경을 벗고서
뜨개질을 하고 있다
절벽에서 남자가 뒷걸음질하고 있다
남자는 뒤로 산을 내려온다
고기가 입을 벌리자 낚싯대가 물렸다
남자는 미끼의 목을 비틀었다
사람들이 뒷걸음으로 배를 타고
배가 거꾸로 바다로 간다
바다로 배가 나아가자

갈라졌던 물살이
배 밑을 꿰매었다

각인

내가 흐느적거리자
너는 딱딱하게 자라고 있었다
내가 뾰쪽해지기로 한 것은
굳어져버린 너 때문이다
온 힘을 한 곳으로 모아 날을 세우고
너의 견고한 가슴팍을 파고 들 것이다
내가 날카로워지는 것이
너에게로 가는 길이다
너를 조금씩 파내려 가면 거기
너의 이름으로 내가 돋아날 것이다
나는 너로 인해
황홀한 접촉을 낳는다
너의 가슴에서 내가 떠나버리면 너는
붉은 울음을 토하게 될 것이다
너는 낙인으로 낙인을 낳는다
너는 스스로 너를 증명한다
문신은 지워지지 않는다

국부론

　그 곳은 지방이 아니다 변방이 아니다 몸은 그 곳의 뿌리
이다 그 곳을 위하여 먹고 마신다 맑은 그 곳을 위하여 동
화를 읽는다 그림을 그린다 노래를 부른다 음악을 듣는다
그 곳으로 가기 위하여 오래도록 걷는다 그 곳을 살찌우기
위하여 영양제를 먹는다 웃음을 잃지 않는다 아궁이에 불
을 지핀다 그 곳을 위하여 해는 떠오르고 햇살은 모두 그
곳으로 간다 델타 성지!

실족

어린이가 어른의 아버지라는 말은
맨 처음 시인이 했다
나도 시인이 되어서야 그 말을 시인하며
고개를 끄덕였다

메가마트 뒷길에서 동래전철역에 이르는 길은
늘 사람으로 북적인다
저기서 사람이 또 온다 아이들이 몰려온다
내 몸은 벌써 움츠려들기 시작한다
이제 내가 비켜야 한다 그게 편하다구
아래를 보고 걷다가 이때다 싶으면
내가 먼저 비껴가면 되는 거야

길을 열어주면
아버지를 잘 키운 아이들이
당당하게 길 가운데로 지나간다
내 뒤에서 걷던 여자아이는
지겨운 듯 나를 앞질러 코앞에서 깔짝이며 걷는다
간혹 나를 당혹하게, 짜증나게 하는 아이가 있다

내가 왼쪽으로 비켜가려 하면
굳이 내 앞을 가로막는 예절바른 녀석 때문이다

나이가 들면
발 디딜 곳이 없다

얼굴

거울 속에 얼굴은
그를 닮아가고 있었다
그늘에서
수염이 돋아나고 있었다

한 장씩 그림을 넘기면

(자라난 나무는 숲이 되고
그 사이로 반짝이는 조약돌
시내는 달리고 새들은 지저귀고
기차는 산모롱이 돌아가고
푸른 창공은 높아만 가고
새들은 가볍게 날아가고)

구름이 지나간 자리에
검버섯 자국이 생겼다
넓고 푸른 들판은 떠내려가고
출렁이는 바다는 증발되었다
그는 휘청거리는 로프에 매달려

암벽을 오르고 있다
비는 짧고
가뭄은 길었다

에스컬레이터

어느 날 내 앞에
에스컬레이터가 도착했다
목적지도 방향도 없이
플랫홈에 들어선 그는
나를 품안으로 끌어당겼다
짐과 함께 나는 지정석에
나란히 섰다

난간대를 응시하며
다음 역을 기다렸다
나의 무릎은 이제
굽신거리지 않는다

가슴에서 오래된 물건이
굴러 떨어지는 소리를 들었다
정전이 되고 주위는 어두워졌다
정지된 것은 움직이기 시작했다

내 앞에 돌계단 하나가
쭈그리고 앉아 있었다

골무

어머니는 실 끝에
침을 발라가며 무딘 날을
몇 번이고 다시 세우신다
하늘거리는 불빛 아래
놓칠세라 고삐를 꼭 움켜잡고
바늘귀로 낙타를 몰고 가신다
야야 이거 한 번 끼(꿰어) 바라

나는 30여 년을
골무의 굳은살을 만지작거렸다

원시는 하얀 실타래를 타고
불쑥 나를 찾아왔다
연필을 세워 구도를 잡듯
안경을 늘렸다 당겼다 한다
면실에 몇 번이고 침을 발라서
과녁을 더듬는다

어머니가 미리 나와
삽짝을 열고 계신다

시계

그 공원에 들어간 날은 기억할 수 없다
나무가 자라지 않는 공원에는 의자가 없다
상상의 새가 일정하게
노래하고 사라질 뿐이다
담장 곁으로 달려가는 길 하나가
있을 뿐이다
그 길 위로 나는 달렸다
다른 내가 나를 앞서 갔다
또 다른 내가 나를 지나쳤다
그 속에서 나는 자꾸만 길게 뾰족하게 되었다
목과 팔다리가 점점 철이 되어갔다
넥타이가 늘어진 채 굳어져
더 이상 조를 목이 없었다
내 가슴에는 태엽 돌아가는 소리가 난다
내 손끝에는 밀폐된 쇠가방이 자라나 있다
그 가방에는 사각의 자물쇠가 채워져 있다
열쇠를 잃어버린 자리에서 내 발은
레일에 뿌리를 내리고 있다
나는 휘어진 모노레일 위를 뛰었다

이 공원에는 문이 없다
길 끝에는 밖이
차단된 울타리만 이어질 뿐이다

이제 나는 아무렇지도 않다

계단을 오를 때도 악을 쓰지 않고
금방 차를 놓쳐도 급하지 않다
다만 힘이 부칠 뿐이다
반드시 소동이 일어난다고 믿었기에
조금 구겨진 것은 아무렇지도 않다
생각해보면 너무나 당연한 일이다
나는 너의 푸른 혀를 욕하지 않는다
다만 너무 큰 짐이 나의 상한 어깨를
누르고 있다는 사실을 알았을 뿐이다

돌아보면 모두 특색 있는 얼굴들
가슴에 작은 열매 하나씩 넣어
재잘거리며 땅을 보며 또는 노을을 보며
집으로 간다
너는 언제나 뒤에서 부는 돌개바람
내가 넘어지지 않는 것은
내 가슴이 먼저 놀랐기 때문이다
어둠은 내 겨드랑이를 파고든다
나는 간지러움에 웃음을 지을 뿐

아무렇지도 않다
이젠

어금니와 아기집

잇몸이 상해
어금니를 뺐다
이가 아닌 잇몸이다
이를 꽉 물고 가제를
씹은 것은 9할이 악이다
내가 걸어온 입안에
바람이 들었나 보다
등이 시리다
아픔은
목구멍으로 왔다

며칠 전
아내는 커진 건종에 눌리어
자궁을 잘랐다
아내는 무척 새집을 갖고 싶어 했다
텅 빈 입안으로
새벽이 다가온다
아내의 아픔은
어디로 왔을까?

여행

월출산장 아침
마당 쓰는 소리

도마 위에
무 자르는 소리
소죽 끓이는 솥에
콩깍지 익는 소리
여름날 새벽
샘물 길러오는 물지게 소리
처마 밑에
다 큰 제비 우는 소리

순자 아니면 순이라는
이름 부르는 소리

새

어린 나는 숲이었다
내 눈으로 동고비가 날아들었다
다음날은 곤줄박이가 귀로 날아들었다
내 속에는 새가 너무 많다
나는 새소리를 들으며 아침밥을 먹었다
배 고픈 새의 울음이 들렸다
정오가 지나서 밥을 먹었다
내 몸이 무거워졌다
저녁놀에 빠져 허우적대는 새가 있고
달리는 자동차에 뛰어들기도 한다
범람하는 강에 갇혀 울기도 하고
하얗게 눈 덮인 숲에서 먹이를 찾고 있다
내 몸 속의 새는
이름이 지워지고
부리가 너무 길어지고
한 쪽 날개가 없는 새 꽁지가 없는 새
왼쪽 눈이 없는 새가 있다
나의 새는
울음 밖을 나오지 못한다

바람도 저문 저녁
내 심장에서 새의 울음이 들렸을 때
나는 모이를 쪼고 있었다

풍장

옥봉산에 올랐을 때
서서 죽어가는
상수리나무를 마주하고 있었습니다
나무는 바람을 내게 설명하고 있었습니다
그러다가 나무는 삭정이 하나 던져주면서
가져가라 하였습니다
나는 차마 그 깊은 계곡을
밟지 못했습니다
구멍 뚫린 잎 속으로
파란 하늘만 바라보았습니다

용두산 공원에서

저문 공원의 꽃시계 바늘은
아직 꽃을 좇는 일을 포기하지 않았다
비탈을 괴고 길게 누운 의자는
자투리 햇살을 끌어안고
뒤뚱거리며 마당을 쪼고 있는 비둘기는
달려오는 파도를 따라 모였다가
이내 흩어졌다
구름을 쓰고 벤치에 앉아 있는 저 노인은
시계를 따라가다 그만
바다를 잃어버렸다

당신을 데려다 준 신발은
사막으로 걸어가고
당신이 거쳐 온 수많은
극장은 깊게 패인 눈에서 지워졌다
해거름 속에 아슬아슬하게 피어나는
무대가 바람에 쓸려가고 있었다

숱한 밤과 낮이 지나간

계단참에는
숨찬 잎사귀가 하나 둘
모여들고 있었다

아파트

재가 자꾸 높이
올라가는 것을 보면
밤마다 제 가슴에 반딧불을
지피는 것을 보면
저도 숲이
그리운 것이다

넌센스

입과 항문 사이가
너무 길게
느껴질 때가 있다

굴참나무

새벽은 산등성이를 선명하게 긋고 있다 일군의 굴참나무
가 아기를 업은 토끼 형상을 하고 길을 가고 있다 추위보다
두려움에 떨고 있다 산기슭까지 다다른 사람의 발톱을 피
해 굴참나무는 움츠리고 있다 굴참나무는 새벽마다 아기를
업고 산을 내려오고 있다 내 머리에는 빈 하늘과 굴참나무
가 사는 산이 있다 저 발자국 소리와 아기의 울음소리 여자
의 흐느낌을 들을 수 있는 귀가 있다 다행이다 하지만 황사
가 덮은 하늘이 다가오면 새벽은 아무 말도 남기지 않고 내
곁을 떠나고 굴참나무는 토끼 행렬을 이끌고 다시 깊은 산
속으로 숨어버린다

소멸에 이르는 길 혹은 실재계 똑 바로보기

김 석 준 (시인 · 문학평론가)

1

유고 시집을 해설한다는 것은 약간의 부담을 안은 글쓰기인지라 일말의 어려움이 없지 않아 있다. 흔쾌히 고故 박정식 시인의 시세계를 조명하겠다고 승낙했지만, 막상 글을 쓸려니까 글이 잘 써지지가 않았다. 그것은 너무도 당연한 일이다. 왜냐하면 현재 진행 중인 시인론이 아니라, 진행이 정지 완료된 하여 미망의 세계로 이입된 시혼을 문학장으로 되불러 오는 작업이기 때문에 혹은 소멸시효가 적용되는 시텍스트를 현존의 장에 숨쉬게 만드는 것이기 때문에 그리 쉽지만은 않다. 시인의 시세계를 변화시키기 위한 글쓰기도 아니고, 그렇다고 살아 숨쉬어 현재를 향유하는 작품론도 아니다.

문자와 대화하기 혹은 시인을 추억하기. 하여 흘러 소진된 과거의 시간을 현전화시키기. 유고에 관한 글쓰기는 시의성時宜性을 고려할 때, 구태이거나 유행의 한축에서 밀려난 하여 현재 흘러 진행하는 문학담론의 바깥이다. 따라서 유고에 관한 비평적 관점을 세우는 데는 유의해야할 점이 있다. 그것은 객관적 읽기와 상상적 읽기 사이의 균형점 찾기인데, 만약에 균형점을 찾지 못하면 비평은 반드시 실패하게 되어 있다. 유고에 관한 글쓰기는 객관적 거리를 유지하는 연구자적 태도를 견지하면서 시향詩響이 울려 펴지게끔 상상의 나래를 펼쳐 시의 영기가 흘러넘치게 만드는데 있다. 하여 유고 시집에 관한 비평적 글쓰기는 루카치의 엄정한 눈 위에 바르트의 현란한 문체가 얹히거나 객관적 총체성을 주관적 읽기로 승화시켜야만 한다.

허나 이러한 경계적 글쓰기 방식은 어느 누구도 실험하지 않았고, 어느 누구도 성공적으로 수행한 적이 없다. 아니 어쩌면 미셸 세르만이 유일하게 성공적으로 실험 수행했을지도 모른다. 그것은 객관이면서 주관이고, 주관이면서 객관이다. 그것은 신화를 과학으로 건설하고, 과학적 글쓰기를 인문학적 상상력으로 해체시키는 이중성 위에서 작동한다. 하여 경계적 글쓰기는 키메라이다. 허나 그것은 통섭通攝의 원리를 이념적 모티브로 하는 까닭에 가지적 세계와 불가지적 세계를 동시에 길어 올린다.

2

"시 잡지를 펼쳐/시인들의 사진을 보면/대개 한쪽 귀가 없다. (「시인의 귀」 일부)" 박정식의 이 전언은 시인이라는 부류의 인간들이 어떤 인간형에 속하는지를 정확하게 언표한 것에 해당한다. 시인은 극한을 산 자들이다. 시인은 자기만의 세계 속에 빠져 그곳에서 만족과 불만족을 향유하는 자이다. 시인은 자신의 존재론적 정체성을 시말 속에 응고시켜 시말로써 자신의 운명을 기투하자는 자이다. 분명 시인은 시말에 자신을 저당 잡힌 채, 인간학적 잠에 이르러 삶을 마감하는 부류의 인간형이다. 그런데 박정식 시인은 시인의 존재론적 양태에 대하여 총체적으로 회의하기에 이른다. 비록 시인이 미지의 기호 속에 의미를 각인시키는 자이기는 하지만, 박정식은 역설이 빚어내는 오묘한 시말의 자장 내부를 주파하면서 시말의 보편성을 체득해가고 있다.

한쪽 귀를 가진 시인. 한쪽에 치우쳐 그 모든 인간학적 사태를 소멸에 이르게 하는 시인. 시인은 한쪽이다. 시인은 한쪽으로 삐딱하게 경도되어 한쪽으로 세계를 정의내리는 자이다. 하여 시인은 귀신이다. 시인은 그 무엇엔가 들려 탈혼망아脫魂忘我 상태에 이르는 접신자이다. 그런 의미에서 볼 때, 박정식의 「시인의 귀」는 시(인)의 존재론적 양태를 적확하게 형상화하고 있다.

①마음의 안채까지 젖을 무렵
길은 낭떠러지의 끝에 닿아 있다
보이지 않으면서 뚜렷하게 떠오르는
얕고도 깊은 것,
그 생각의 끝에
젖은 길은 꿈틀거린다

―「동강에서」 일부

②해가 지면 우리는 어둠을 찾아갔다 너는 집에 머물고 나는
허공에 머물렀다 너는 온몸으로 길을 만들었지만 내가 달려
온 길은 언제나 제자리였다 자정 무렵 내가 뱉은 소음들은 하
늘의 턱을 넘지 못하고 있었다
너는 허공을 채우고 나는 허공을 만든다는 사실을 문득 생각
하는 것이다

— 「조금 열린 차창을 향하여」 일부

시인은 니체적인 원근법적 사유로 세상을 조망하는데 실
패한 자이다. 왜냐하면 시인은 한쪽 눈으로 세상을 보고 한
쪽 귀로 세상을 듣는 자이기 때문이다. 하여 시인은 지극히
주관적이고 지극히 독설적인 세계 속에 이입된 채, 저 위대
한 역설을 온몸으로 체현하게 된다. ①은 불가능과 가능 사
이를 유랑하면서 시인의 직능을 정확하게 기술하고 있다.
시인은 마법적인 역설에 들린 자이다. 시인 박정식이 "실족
한 수많은 시간들을" 찾기 위해 동강 쪽으로 길을 내어 "보
이지 않으면서 뚜렷하게 떠오르는" 것과 "얕고도 깊은 것"
의 의미를 탐문할 때, 그것의 의미론적 정체는 무엇인가.
분명 그러한 역설적 사태는 "마음의 안채"에서 요동치는 그
무엇인가를 한쪽 눈과 귀로 포착한 것인데, 시인은 이러한
사태 속에서 무엇을 예인하는가. 칼 구스타프 융이
『Alchemy and Psychology』에서 말한 것처럼, 어쩌면 시
란 그 자체로 초월적 기능(transcendental function)을 함

의하고 있는지도 모른다. 다시 말해서 시란 논리이면서 비논리고, 불가능이면서 가능이다. 시란 그 자체로 패러독스이다. 하여 시말운동은 대극對極의 통일 속에서 움터오는 미지의 기호들의 축제이다.

②는 너와 나 사이의 대립적 국면을 응시하면서 길이라는 상징에 응고된 인간학적 운명을 형상화하고 있다. 비록 시인이 "너와 나 사이에 빗금은 지워졌다"고 말하지만, 어찌 너와 나 사이의 인간학적 길이 같을 수가 있겠는가. 어찌 너와 내가 동일한 인간학적 지평을 공유하고 있겠는가. 하여 시인은 길을 응시하면서 길의 인간학적 의미를 탐문해들어 간다. 지금 시인은 "기다림의 도면" 위를 질주하면서 허공에 집을 짓고 있다. 말하자면 시인은 무위를 유위로 변전시켜 시의 집을 짓는다. 허공을 채우기도 하고 허공을 만들기도 하면서 시인 박정식은 너와 나의 삶의 양태를 집과 길 사이에서 길러 올린다. 허나 그것은 실재가 아니라 환상이다. 허나 그것은 미망이자 허위의 바람이다. 길과 집 사이에 드리워진 너와 나의 인간학적 음영은 그저 환영일 뿐이다.

도륜대道輪臺를 지나자 샛길은 비틀거리는 큰길에서 꺾여 좁은 굴다리를 뚫고 있었다 그 길 막다른 산허리에 닻을 내린 배 한 척 정박해 있었다 바위틈에는 영산홍 꽃잎이 오후의 남은 햇살을 빨아들이고 병동과 병동 사이 바람결은 머뭇거렸다 금간 창들은 철창에 기대고 있었다 면회소 벽에 걸린 스냅

가족사진 위로 가슴에 품어온 풍경들이 새고 있었다 틀니가
빠져나간 입안에서 받침 없는 모음들이 서로의 어지럼증을
맞잡았다 하얀 머리카락 사이로 간간이 이랑이 일어서고 미
처 파종하지 못한 씨앗들이 소매를 당겼다 기울어진 어깨 너
머로 좁은 복도가 휘청거렸다 저물 무렵 불안을 지워버린 환
상이 집을 나서고 있었다

— 「저물 무렵」 전문

길과 집에 관한 상징은 시인 박정식을 지배하는 영혼의
표징이다. 길과 집은 인간 박정식 그 자체이다. 길과 집 사
이에서 자신의 존재론적 운명성을 길어 올릴 때, 혹은 병동
과 병동 사이에 스며드는 서늘하고 불길한 바람결을 온몸
으로 느낄 때, 시인은 문득 이 세상 모든 것이 환영임을 직
감하게 된다. 왜냐하면 모든 길은 막다른 외길로 당도하게
되어 있기 때문이다. 하여 불안하다. 하여 허망하다. 노을
이지는 저녁 어스름. 얼마 남지 않은 저녁 햇발이 영산홍
꽃잎을 붉게 태우는 저물녘. 시인 박정식은 삶과 죽음 사이
에서 혹은 삶이 내어놓은 외길을 따라가다가 문득 산다는
것이 불안한 그 무엇임을 직감하게 된다. 허나 그 불길한
징후에 불구하고 시 「저물 무렵」은 아름답다. 시말이 아름
답고, 그 시말이 펼쳐내는 서사적 사태가 아름답고, 그 서
사적 사태 속에 내파시킨 시인의 환상적 몽상이 아름답다.

비록 길과 집 사이에 불안의 닻이 내려져 있고, 모든 살
아 있는 것들이 시간의 타자로 전락해 갈지라도, 시인 박정

식은 절망하지 않는다. 왜냐하면 시인과 시인을 둘러싼 그 모든 것들이 환상일지도 모르기 때문이다. 분명 시인은 환상으로 불안을 지우고 있다. 어쩌면 산다는 것은 환상이 아니겠는가. 아니 환상으로 인해 삶은 그 모든 고통, 그 모든 불안, 그 모든 세계고를 가볍게 초극하는 것은 아닐까.

①그 동안 내가 머물렀던 집은 헐리고 내 이름도 잊어버렸다 나는 화산을 지나 빙하에 이르렀다 나를 지켜준 체온계는 빈혈을 앓고 심장에서 외출 나간 핏줄은 돌아오지 않았다 멈춰진 시계가 발걸음을 붙잡고 나침반은 약속을 저버렸다 소실된 바다 위로 하얀 얼굴만이 증표로 떠 있었다 나는 빙산의 모서리에 귀를 내 주소를 물었다 가늠할 수 없이 커버린 내 몸의 틈새로 어둠이 스며들어 나는 나를 지웠다 내가 어둠에 검게 타버려 어떤 빛도 나를 찾을 수 없었다 나는 나로부터 한없이 멀어져갔다.

— 「에드바르드 뭉크의 여행」 일부

②서면에 가면 낙원여인숙이 있고 길 건너 꽃사슴다방이 보인다 나는 집으로 가는 길을 잃어버리기 전에 마지막으로 저 다방에서 나온 것을 알고 있다 낯선 거리를 쉼 없이 돌아 겨우 다다른 곳이 낙원여인숙이다 마른 강물에 떠밀려 더는 갈 수 없는 곳이 여긴지도 모른다 황홀한 저녁이 산을 넘을 때 기러기도 가끔 방향을 놓친다

— 「낙원여인숙」 일부

시인 박정식에게 있어서 집과 길은 가장 근원적인 인간학적 문제를 총체적으로 노정하고 있는 시적 원형이다. 말하자면 집과 길은 시인의 몸체이자 영혼이다. 몸의 거처인 집, 영혼이 드나 들이 할 수 있는 집. 허나 시인 박정식은 그 집을 안온한 몽상이 살아 숨쉬는 바슐라르적 공간으로 소묘하지 않는다. 엘리아데의 종교-신화학적 차원에서 볼 때, 집은 성소이자 우주의 중심축으로 작동하기는 하지만, 시인에게 있어서 집이란 임시거주지일 뿐이다. 하여 시인의 집은 성소도 아니고 우주축도 아니다. ①은 시인의 그러한 의식을 정확하게 표현하고 있는데, 에드바르드 뭉크를 상상하면서 길 위의 여정에 들어선다. 불안과 어둠 사이를 배회하는 나(시인)의 인간학적 형상을 찾기 위해 길을 떠나지만, 시인은 그 길이 자신에게서 점점 더 멀어진다는 사실을 직감하게 된다. 비록 집이 헐리고 이름조차 잊어버린 미망의 세계 속으로 빠져들지만, 시인은 그 길에서 빛을 찾고자 한다. 허나 그가 에드바르드 뭉크의 길에 동승했을 때, 시인이 응시한 인간학적인 길은 해골 같은 절망과 비명의 길이다. "부석거리는 뼈" 사이로 빛이 파동친다. 하여 시인이 떠난 그 길은 해골 같고, 절규 같은 저 어둠의 심연으로 추락하게 된다. 어쩌면 그것은 너무도 당연한 길의 본성인지도 모른다. 불가역적인 길 위에 선 자는 모두 죽는다. 나를 지워 죽고, 나에게서 한없이 멀어져 죽는다. 비록 시인이 "부석거리는 뼈를 적시는 빛의 소리가 들렸다"고 결론짓지만, 어찌 그것이 빛일 수 있겠는가. 길 위에 선 자는 그

누구도 뭉크의 처절한 절규를 들어야만 한다.

어쩌면 모든 길은 외길일지도 모른다. 아니 어쩌면 인간이 내어 놓은 그 수많은 길들은 하나의 길로 수렴하게 되어 있는지도 모른다. ②도 역시 집과 여인숙 사이에 놓여 있는 길을 통해서 길의 의미론적 층위에 관하여 성찰하고 있다. 막다른 골목. 길은 있으나 결국 길없는 길에 들어서는 인간. 도대체 우리는 왜 이 공간, 이 시간의 길 위에 서 있어야만 하는가. 도대체 왜 우리는 더는 떠밀릴 수 없는 곳으로 내몰리는가. 시인 박정식은 너절한 일상의 공간 내부를 응시하면서 삶이란 그 자체로 여인숙처럼 잠시 머물다 저 미망의 세계로 이입하게 되어 있다는 사실을 깨달게 된다. 때론 삶의 방향감각을 잃기도 하고, 때론 좌절도 하면서 낯설고 막다른 거리에 당도하기에 이른다. 삶이란 늘 그렇다. 삶이란 모든 의도를 늘상 빗겨가게 된다. 비록 시인이 의도적으로 여인숙이라는 공간 앞에 낙원이라는 상호를 붙이기는 했지만, 임시거처가 아름다울 수 있겠는가. 하여 생이란 그 자체로 허허로운 여인숙이 아니겠는가. 천명은 하늘에 달려 있을 뿐, 우리는 그저 이 생에의 형식을 울고 웃고 부대끼면서 잠시 머물다 가면 그뿐이 아닌가.

3

예술은 단순한 재현적 실체가 아니다. 예술은 수많은 변형과정을 통하여 새로운 세계를 개현시키는 미적 실체이다. 비록 상상력을 통해서 무한히 새로운 미적 실체들을 양산해내기는 하지만, 미란 어쩌면 자연의 구조목록의 변형적 실재에 지나지 않을지도 모른다. 로제 카이유와가 『일반 미학』에서 말한 것처럼 모든 미는 상상가능한 자연의 구조에서 파생되었거나 그 자연의 구조를 참조한 것이다. 허나 관념적 이성의 즉자대자운동 내에서 미적 형식을 이념화시킨 헤겔은 자연미를 미적 범주로 용인하지 않았다. 말하자면 헤겔에게 있어서 자연미는 미 이전의 즉자적 사태일 뿐이다.

카이유와와 헤겔의 입장은 표면적으로는 상호 대립되는 지점에 위치하는 것처럼 보이기는 하지만, 그들이 공히 주장하는 예술의 미적 지평은 예술가의 매개적 기능이다. 카이유와식으로 말하면 자연에 변형을 가하는 상상력이고 헤겔식으로 말하면 감각능력의 이성화인데, 양자 공히 예술은 예술가의 미적 의식이 승화 고양된 그 무엇으로 인지된다. 따라서 예술은 형식에 새로운 이념을 얹힌 것이거나 새로운 미적 형식의 창조에 있다. 시인 박정식의 시들은 카이유와나 헤겔이 지향하는 미적 형상화전략을 실천하면서 고유한 시세계를 구축했다. 서사적 사태를 주밀하게 살펴가면서 인간의 존재론적 층위를 문자의 배후에 심어 놓는 동시에 시적 상상력이 주는 내밀한 순간도 결코 놓치지 않는 성실성을 견지하고 있다.

저 하늘은
몇 장의 구름으로
저리도 넓은 창을 닦고 있다

저 바다는
몇 장의 하얀 구름과
넓고 푸른 창으로
저리도 기뻐 출렁거린다

바다를 건너오는 동안
나는 허공에서 새로 말았다
고요 속에
문득
내 몸의 소음이 들린다

이 마음에는
좁은 문과 Sex, 어둠과 비상구,
Thought,
그리고 Spirit,
흔들리는 빌딩과 검은 창이 있다
끊임없이 부대끼며
넘치고 있다.
　　－「2미터의 하늘과 1리터의 물과 0.5리터의 마음－박선17×
　　　　　17×10,14×14×10 나무에 채색1984」 전문

시인은 느껴 알고 보아서 안 자이다. 시인은 미지의 실재에 감각의 촉수를 드리워 대상을 새롭게 직관하는 자이기도 하다. 하여 시인은 실재적 대상과의 팽팽한 미적 거리를 유지하여 미적 객관성을 획득하는 동시에 그 거리를 좁혀 미적 현실성을 확보하여야만 하는 이중의 의식작용을 견지하여야만 한다. 독특한 제목을 지닌 위의 시는 그림, 세계, 인간을 상상적 층위에서 시말로 예인 중인데, 시인 박정식은 하늘과 물과 마음을 계량화하여 화폭 위에 안치시키고 있다. 미술관 어디쯤에서 그림을 감상하면서 그는 하늘과 바다를 몽상하다가 문득 시말들이 허공에 날아다니는 것을 목격했으리라. 환시 혹은 환청. 시말은 대상가능성의 현시이다. 시말은 볼 수 없는 것을 보고 말할 수 없는 것을 말하게 만드는 것인데, 그 모든 가능적 사태를 통어하는 실체는 마음이다.

0.5리터의 마음으로 2리터의 하늘과 1리터의 물을 몽상하면서 저 웅장하고 거대한 하늘과 바다를 시말로 예인할 때, 혹은 마음의 내적 실체를 이항대립적인 층위로 환원시킬 때, 시인은 무엇을 상상하는가. 넓은 창으로 인지되는 하늘과 기뻐 넘실거리는 바다를 목판화에 선명하게 부조시킬 때, 시인은 마음의 어떠한 실체를 본 것인가. 상상력과 직관. 미적 대상은 마음의 눈이 투시하는 상호 대립적 층위를 교차하면서 선명한 이미지를 넘쳐나게 만드는데, 박정식 시인은 그것을 "17×17×10, 14×14×10"이라는 두 개의 직육면체로 입체화시킨다. 허나 문제는 마음이다. 허나

보다 중요한 것은 정량화된 마음의 실체이다. 시인 박정식이 형상화한 마음은 플라톤이 『티마이오스』에서 말한 코라(인간의 마음이 담긴 용기)와 같은 그 무엇인지도 모른다. 하여 시인은 마음이라는 미정형의 실체에 장소를 나타나는 처소격 조사 "-에는"을 붙여 마음을 공간화시킨다. 허나 마음의 공간은 부대끼고 넘쳐 흔들린다. 때론 검게, 때론 리비도의 근방을 배회하면서 사유와 심혼의 세계를 시말로 예인하기도도 하는 실체가 바로 마음이라는 미정형의 공간이다. 마음은 저 어둠 같은 절망의 공간의 지평 속을 헤매다가 마지막 비상구를 찾기도 하는 공간인데, 시인은 그러한 마음의 존재론적 층위를 이항대립적으로 투사시키고 있다. 가능과 불가능이 공존의 장을 형성하듯이, 마음은 언제나 이항대립적인 패러독스의 자장 내부에서 파동치고 있다.

틈 하나가
컴퓨터 자판 두드리는 소리에
떠밀려 다닌다
틈 하나가 밤늦도록 밀리고 밀리더니
틈 두 개가 되고 여러 작은 틈을 낳는다
안개에 가려 한 치 앞을 내다볼 수 없는 틈
밤늦게 집으로 올 때만
이마 위에 하얀 달빛을 뿌려주는 틈
일요일 아침 해 뜨기 전

뒷산에 오를 수 있게 해준 틈
내 몸에서 틈을 빼면 모두가
울렁이는 바다
무너져 내리는 하늘
바람에 날아가는 모래
때로 갈라지고 조여들기만 하는 틈
나는 틈과 틈 사이를 아슬아슬하게 밟고 있다
틈과 틈 사이 거대한 구멍
구멍의 힘

-「틈」 전문

틈은 공간이면서 시간이다. 틈을 이렇게 멋들어지게 형상화한 시를 만나기는 그리 쉽지 않다. 한 치의 틈을 허락하지 않으면서 여유로운 마음의 틈을 허락하는 「틈」. 시 「틈」은 갈라진 균열의 절대 공간을 응시하면서 그 틈을 인간학적 시간과 공간으로 승화시켜가고 있다. 하여 시인의 틈은 생에의 형식이 존재하는 방식인 바, 그것은 그 자체로 인간학적 사태에 대한 시인의 알레고리적 시선이다. 균열이면서 여백인 틈. 시인 박정식은 그 틈의 이중적인 작용 사이를 파동치면서 삶의 원리를 체득하게 된다. 비록 떠밀려 다니다가 틈이 또 다른 틈을 낳기는 하지만, 틈은 그 자체로 생명을 실어 나르는 상생화육의 공간이다. 때론 "갈라지고 조여들기만 한 틈" 때문에 고난이 점철되기도 하지만, 시인은 틈과 틈 사이를 소멸이 아니라, 생성하는 힘으로 역동화시킨다.

 허나 틈은 때론 야누스적인 본성을 드러내기도 한다. 하여 틈은 안온한 자족의 공간만을 의미하지 않는다. 틈은 전전긍긍이다. 틈은 서리를 밟는 듯 얼음장을 밟은 듯, 아슬아슬하게 곡예를 하듯 조심조심해야만 하는 공간이기도 하다. 왜냐하면 틈은 모든 것을 와해시킬 수 있는 소멸에의 의지이기도 하기 때문이다. 틈은 기회를 엿보는 순간을 의미하기도 하는데, 그 틈은 상승과 하강 혹은 생성과 소멸사이를 마구 소용돌이치면서 존재와 비존재를 매개시킨다. 따라서 틈은 소통이다. 틈은 소통 순환하여 인간 박정식 뿐만 아니라, 이 세계 전체를 운행시키는 시공간적 원리이기도 하다.

어린 나는 숲이었다
내 눈으로 동고비가 날아들었다
다음날은 곤줄박이가 귀로 날아들었다
내 속에는 새가 너무 많다
나는 새소리를 들으며 아침밥을 먹었다
배 고픈 새의 울음이 들렸다
정오가 지나서 밥을 먹었다
내 몸이 무거워졌다
저녁놀에 빠져 허우적대는 새가 있고
달리는 자동차에 뛰어들기도 한다
범람하는 강에 갇혀 울기도 하고

하얗게 눈 덮인 숲에서 먹이를 찾고 있다

내 몸속의 새는

이름이 지워지고

부리가 너무 길어지고

한 쪽 날개가 없는 새 꽁지가 없는 새

왼쪽 눈이 없는 새가 있다

나의 새는

울음 밖을 나오지 못한다

바람도 저문 저녁

내 심장에서 새의 울음이 들렸을 때

나는 모이를 쪼고 있었다

-「새」 전문

　시인은 숲이다. 시인은 스스로 세계고를 짊어진 채 천하를 주유하는 저주받은 인간형이다. 시말 속에 저장잡힌 삶. 분명 시인은 시말들을 건져 올리기 위해 스스로를 낮은 곳에 위치시키면서 가장 위대한 영혼의 표정을 시말 속에 각인시킨다. 하여 시인은 그 자체로 패러독스적이다. 시말의 패러독스는 시인의 패러독스와 일치하는데, 시인 박정식은 이 세상 아픔과 슬픔을, 이 세상 가장 낮은 자들을 새로 비유하면서 그 모든 사태를 자신과 동일시하고 있다. 그늘이 되고 안식처가 되고 싶은 시인. 모든 것을 보듬어 안아 편히 쉴 수 있는 숲이 되고 싶은 시인. 허나 시인의 숲은 님프와 판(Pan 숲의 신)의 몽상이 살아 숨쉬는 저 광활한 대지

위에 펼쳐진 숲이 아니라, 어리거나 황폐화된 숲이다. 하여 숲은 시인의 마음이다. 숲은 시인의 아픔이다. 숲은 시인의 아픈 사랑이다.

숲을 잃어버렸다는 것은 안온한 몽상이 사라져, 더 이상 창조적 몽상이 가능하지 않다는 것을 의미하는데, 시인 박정식은 그 숲을 되살려 스스로를 숲이라고 명명하고 있다. 허나 시인의 숲엔 아름다운 노래가 메아리치지 않는다. 시인의 숲엔 처절한 울음소리가 그득하다. 시인의 숲엔 눈이 없는 새가 있고, 날개가 없는 상처받은 새들만이 있다. 시인의 숲엔 눈으로 날아드는 동고비가 있고, 귀로 날아드는 곤줄박이가 있다. 하여 시인의 숲은 생명력이 넘쳐나는 풍요로운 공간도, 그렇다고 상처를 치유하는 공간도 아니다. 시인의 숲엔 상처받은 정령들의 아픈 울음소리만 공명하고 있다. 상처받은 새들만이 찾아드는 숲은 상처 난 시인의 초상이다. 시인이 "내 속에는 새가 너무 많다"고 언명했을 때, 새는 그 자체로 시인의 상처 난 영혼의 표상이다. 따라서 이름 없는 새, 부리가 기형인 새, 꽁지가 빠진 새, 배고픈 새들은 시인 자신이다.

5,60년대를 풍미한 박남수 시인이 총구에 겨누진 새, 순수를 상실을 피어 젖은 새를 형상화한 이후 새에 관한 시적 몽상은 종료했다고 해도 과언이 아니다. 그런데 시인 박정식은 마천루 즐비한 기술공학적 산업사회를 상처 난 새가 되어 비행하고 있다. 비록 시인의 새가 "울음 밖을 나오지 못"하는 유폐된 새이기는 하지만, 시 「새」는 시인의 내면과

문명의 그늘 사이를 종주하면서 상처받은 환부를 적나라하
게 드러내어 그 상처받은 영혼의 환부를 위무 치유 중이다.

4

인간의 운명적 소인은 DNA의 나선구조의 유전지도에
의해서 이미 결정되어 있다고 보아도 과언이 아니다. 말하
자면 인간의 삶은 선천적으로 그렇게 살도록 이미 구조화
되어 있다. 인간은 자유롭지 않다. 인간은 이미 예정된 삶
의 행로를 따라 그렇고 그렇게 살도록 예정되어 있다. 말하
자면 인간은 DNA의 유전지도가 지시하는 대로만 산다. 비
록 칸트가 『실천이성비판』에서 인간에게 자유의지가 있다
고 설파하기는 하지만, 인간은 현대판 시지프스신화인
DNA가 지시하는 방향대로 살아야만 한다.

어쩌면 인간이란 숙명적으로 그렇게 살지 않으면 안 되
는 예정된 항로가 이미 지정되어 있는지도 모른다. 모세가
그렇고 오이디프스가 그렇고 햄릿이 그렇듯이 운명은 이미
차크라의 수레바퀴에 예속된 그 어떤 구조가 지배하고 있
는지도 모른다. 클로드 레비-스트로스가 『구조인류학』에서
그 모든 인간학적 사태를 구조로 환원시켜 설명했고, 미셸
푸코가 『지식고고학』에서 담론적 질서들을 구조화시키려고
했던 그 모든 시도들은 칸트의 정언명령을 다르게 표현한
것에 지나지 않다. 다시 말해서 법칙이든 구조이든 그것이
표현하는 언어적 양태는 다르기는 하지만, 그것이 궁극적

으로 언표하고자 하는 목적은 동일하다. 이 세계를 법칙으로 설명하든 구조로 설명하든 상관없이 그것이 이미 짜여진 혹은 이미 예정된 그 자체의 기획을 투사한 것에 지나지 않을 뿐이다. 따라서 법칙과 구조가 지배하는 세계는 인간 게놈이 지시하는 기호와 동일할지도 모른다.

내 어깨는 휘어졌습니다 바로 펴려해도 되질 않습니다 내 신발은 뒤꿈치 오른쪽 가장자리부터 닳습니다 나는 그렇게 걸을 수밖에 없습니다 나는 나의 뒷모습을 볼 수 없습니다 나는 가끔 속이 불편합니다 그래서 화장실에 자주 드나들고 시간이 더 걸립니다 나는 콩팥에 결석이 생깁니다 그래서 물을 자주 많이 먹습니다 내 몸에는 바이러스가 있습니다 그들은 내 몸 속 핏줄을 따라 다니면서 무어라고 지껄이고 있습니다 올라간 혈압은 내려오지 않습니다 아마 시간이 너무 흘러 돌아오는 길을 잃었나 봅니다 내 오른 쪽 눈은 난시입니다 지금은 근시와 원시가 겹쳐 앞이 어른거립니다 내 머리카락은 반곱슬입니다 그래서 남들이 보기 좋게 자랄 때 나는 이발을 합니다 나는 항상 이렇게 살아야 합니다 그게 편하니까
―「그냥 내버려두세요」 전문

앙리 베르그송이 『창조적 진화』에서 말한 것처럼 인간은 의식의 힘으로 역동할 수 있는 존재인가. 엘랑 비탈(e lan vital, 생명의 비약)이라고 하는 저 생동하는 언명으로 이 세계를 규정할 수 있다면, 인간은 그 자체로 스스로를 끊임

없이 갱신시킬 수 있는 그 무엇으로 존재하게 된다. 허나 분자생물학적 관점에서 볼 때, 모든 생명체들은 상승과 하강 사이를 굽이치다가 이내 몰락을 승인하는 존재로 규정되고 있다. 따라서 스스로를 넘어선 자로 인식하는 니체의 초인(Übermensche)도 이내 스스로를 몰락에 위치시켜 저적멸 같은 니힐리즘의 한복판을 사유하다가 생성과 소멸을 끌어안고 살아갈 수밖에 없는 존재가 바로 초인이라고 귀결짓는다. 하여 인간학적인 운명은 "항상 이렇게 살"도록 예정되어져 있다. 박정식 시인 말대로 모든 인간은 "하지만 나는 항상 이렇게 살아야 합니다 그게 편하니까"로 예정되어 있는 것은 아닌가.

시인이 자신의 인간학적 초상을 적나라하게 드러내어놓을 때, 혹은 자신의 삶을 그냥 내버려두라고 간곡하게 부탁할 때, 이미 생이란 그 자체로 생노병사의 선형적 시간의 기획을 따라 그렇게 되어지는 것은 아닌가. 휘어진 어깨, 불편한 위장, 신장결석, 고혈압 그리고 노안. 몸은 저절로 그렇게 되어지게 되어있다. 몸은 점점 "시간이 너무 흘러 돌아오는 길을 잃"어 버리게 된다. 몸은 불가역이다. 몸은 시간을 살아낸 흔적 속에 인간학적 자취를 새겨놓는다. 허나 시인 박정식은 자신의 그러한 형상에 대하여 추호도 연민의 시선을 내비추지 않은 채 담담하게 자신의 몸상태를 기술하고 있다. 왜냐하면 시인에게 있어서 삶은 "그냥"이기 때문이다. 다시 말해서 삶은 의지적으로 주어지는 것이 아니라 그냥 주어지는 것일 뿐이다. 하여 삶은 그냥 DNA 속에 기입된 인간학적 운명의 배열기호에 맞추어 살다 가면 그만인 것이다. 시 「그냥 내버려두세요」는 인간에게 주어진 시간의 역학관계를 응시하면서 몸의 펼쳐내는 인간학적 사태에 순응하는 시인의 초상을 아주 정확하게 그려내고 있다. 인간은 그냥이다. 인간은 그냥 그대로 자신에게 펼쳐진 형상을 편안하게 수용하면서 소멸의 세계에 이르게 된다.

엉겅퀴는 어머니가 걸어온 길을 지웠다
길이 없으므로,
어머니는 되돌아갈 수 없다
가느다란 지팡이로 길의 끝자락을 두드린다
어느덧 어머니는
수염이 하얀 느티나무 아래 앉아있다
갈비뼈 속에 묻었던 기억 하나 꺼내
문지르고 있다
머리 속에 남은 기억 하나 보태어
찢고 있다
아름답던 눈동자에
쭈글쭈글하고 멍한 하늘을 집어넣더니
구겨진 기억을 하나 움켜쥔다
자투리 밭을 만들고 이랑을 타더니
씨앗을 심는다
그리고는 곧장 밭을 갈아엎는다
부산에 실려온 지 달 반이 흘렀어도

자꾸만 부산으로 가자고 한다
어머니는 허리가 휜 말을 하고서도
시치미를 떼고 있다
장롱 밑 오래도록 익힌
그늘 하나가 걸어오고 있다

– 「그늘」 전문

삶은 다 지워진다. 삶은 그 형식을 불문하고 다 지워지게
되어 있다. 기쁨보다는 슬픔이 더 많은 생. 므네모시네(기
억)가 펼쳐내는 저 아름다운 상상적 지평보다 자꾸 레테(망
각)로 치달아 모든 흔적을 말끔하게 지워내야만 하는 생.
흔적은 언제나 새로운 생의 기호로 대체되면서 그 흔적을
지워버린다. 모든 것은 다 지워지고 잊혀진다. 물론 자크
데리다가 『그라마톨로지』에서 그의 해체론적 사유를 흔적
의 영원한 차연운동으로 유도하기는 했지만, 더 나아가 결
코 말소되는 법이 없는 흔적의 차연운동으로 서양의 로고
스중심주의를 해체시키려고 시도했지만, 어찌 삼천년 동안
에 이루어진 진리조건을 흔적으로 해체 해소시킬 수 있겠
는가. 흔적은 역사이다. 흔적은 생의 변곡점들인데, 시인
박정식은 시 「그늘」에서 기억이라는 흔적을 되새기면서 소
멸로 향하는 인간학적 사태를 담담하게 소묘하고 있다.

어머니의 삶. 생에의 흔적이자 생을 생으로 살아가게 만
들었던 어머니. 시인은 그 어머니의 생을 추억하면서 흔적
으로 남은 "그늘"을 알싸하게 그려내고 있다. 허나 "구겨진

131

기억". 허나 쭈글쭈글해지는 생에의 운동. 박정식은 어머니의 망각 속으로 회귀해 들어가 아주 오래된 기억의 그늘을 되살려내고 있다. 허나 "허리가 휜 말"만 하시면서 모든 기억을 흔적조차 지워버리신 어머니. 시인 박정식은 그 어머니를 "그늘"이라고 명명하면서 어머니의 생을 엉겅퀴 속에 응고시키고 있다. 허나 지워진다. 허나 모든 길은 다 지워지고 망각의 강 너머로 모든 것을 이입시킨다. 떠나 망각으로 이입되는 그 모든 것들은 휜다. 길 없어서 휘고, 잊혀져서 휜다.

허나 가엾다. 허나 가여운 자는 망각하는 어머니가 아니라 그 망각을 기억하고 어머니의 그늘을 몽상하는 자가 가엾다. 슬픔은 항상 살아남은 자의 몫이다. 슬픔은 어머니의 "휜 말"을 애잔하게 기억하는 자에게 속해있다. 박정식의 「그늘」은 움켜쥔 기억의 그늘 밑으로 잠입에 들어가 어머니의 삶의 흔적들을 아프게 그려내고 있다.

그는 습관적으로 무릎을 접고 있다 그는 검은 창을 통하여 습관적으로 밖을 내다본다 습관적으로 내다보는 창들은 안으로만 투명하다 그의 길었던 다리가 모습을 감춘 지 오래다 그의 하반신은 잠수되고 있었다 밖으로 보이는 그의 육신은 안전띠에 묶인 상반신뿐이었다 이목구비가 흐려진 얼굴이 휑하니 옆으로 지나가면 뒷머리의 모서리만 보인다 맑은 날 그는 색안경을 샀다 그는 흐린 날에도 습관적으로 색안경을 썼다 그는 차안에서 차창을 검게 색칠한다 그는 무엇이든 칠을 하

려한다 그는 도장공이 되려한다 그는 그를 지운다 그는 그를
입력한 모든 칩에서 지워지고 있었다

-「그는」 전문

우리는 다 지워지게 되어 있다. 말자면 므네모시네와 레
테의 변증법적 운동 속에서 항상 승리하는 쪽은 레테이다.
엔트로피 혹은 열역학 제 2법칙. 자크 모노가 『우연과 필
연』에서 말한 것처럼 생에의 형식은 우연한 단백질 대사
작용이 만들어낸 진짜 혁명적인 사태이다. 진짜 생은 그
자체로 우연의 산물이다. 허나 우연인 생에의 형식은 너무
도 무거운 생에의 의미 쪽으로 무한히 진화하고 있다. 물
론 샤르댕은 그의 저서인 『인간 현상』에서 생에의 형식 전
체를 탄젠트 곡선으로 도해하면서 진화의 꼭지점을 설정
하기는 하였지만, 혹은 진화는 진화의 정점에 이르러 더
이상 진화를 하지 않는 정향진화의 형태를 띠기는 하지만,
인간학적 사태 내부를 지배하는 삶이라는 형상은 언제나
무겁다.

그런데 박정식 시인은 그 무거운 생에의 형식을 가볍게
지워버린다. 그것도 컴퓨터 하드디스크에 입력된 그 모든
정보를 삭제키로 지우듯 그의 일상적인 삶의 행태 전체를
가볍게 지워버린다. 어쩌면 존재는 그 자체로 가벼운지도
모른다. 어쩌면 우리는 하이데거의 존재론적 존재나 현존
재라는 기만의 덫에 걸려 존재를 무겁게 생각하는지도 모
른다. 시 「그는」은 아무렇지도 않은 표정으로 "그"라는 현

존재를 지워버리는데, 지워진 그의 정체는 무엇인가. 만약에 "그"라는 인칭대명사가 라캉이나 지젝적인 의미의 상징계에 속하는 대타자일 때, 혹은 실재계에 존재하는 그 모든 인간학적 형태를 대리 대표하는 전체를 지칭할 때, 스스로를 지우는 그의 정체는 타나토스일지도 모른다. 스스로를 지우는 "그"라는 타자. 인간학적 운명의 대리자인 "그". 그의 또 다른 형상은 므네모시네를 지배하는 레테의 위대한 원리일지도 모른다. 왜냐하면 그는 스스로를 지우는 동시에 타자의 기억 속에 남아있는 흔적도 지워버리는 존재이기 때문이다.

지워지는 그 모든 것은 결코 무거울 수 없다. 저 적멸 같은 타나토스라는 절대적 대타자의 그늘을 벗어날 수 없는 그 모든 인간학적 사태는 가볍다. 시인 박정식은 분명 스스로를 지우는 "그"라는 형상 속에서 인간에게 예정된 실재계의 냉혹함(죽음본능의 실현)을 응시하고 있다. 비록 시인이 지젝적인 환상이라는 도피처에 은거하면서 실재계의 폭력으로부터 잠시 벗어난 적도 있기는 했지만, 박정식은 자신의 몸 곳곳에 죽음본능이 엄습하고 있다는 것을 깨닫게 된다. 스스로를 지운 "그"라고 표상되는 박정식 시인은 이제 지젝처럼 실재계를 비딱하게 바라보지 않고 정면으로 응시하고 있다. 왜냐하면 환상으로 차연 유예시킨 삶도 결국엔 광폭한 실재계(죽음) 앞에 무릎을 꿇을 수밖에 없기 때문이다.

5

　생명이 있는 모든 것은 생명적인 것으로 잉태된 순간부터 혹은 생명으로 태어난 순간부터 소멸의 도정에 들어서게 되어 있다. 산다는 것은 죽는다는 것이다. 살아 움직이는 것들은 모두 빈 공간에 이르게 된다. 두려운 빈 지대. 인지가능하지 않는 적멸의 지점. 시인 박정식은 자신의 삶을 "노란 옷을 갈아입은 오이"로 비유하면서 삶의 판타지를 거두어들인다. 실재계 똑 바로 쳐다보기. 의연하게 적멸에 이르기.

비어 있는 집
마당에는 풀들이 기어다닌다.

무너진 장독간 언저리에서
늦게 파종한 옥수수 자루만 보이고
텃밭을 돌아서려는데
풀숲에서 툭, 하고 부딪히는 것이 있다.
돌멩이거니 하고 그곳을 헤쳐보니
노란 옷을 갈아입은 오이 몇이서
나란히,
반듯이 누워,
누구를 기다리고 있다.

부엌에는

쌀 씻는 소리 나지 않고

그릇 부딪히는 소리 들리지 않는다.

– 「임종을 기다리며」 전문